KB170910

조선대혁명

조선 대혁명 1권

<성웅 이순신, 왕에게 반기를 들다>

초판1쇄 펴냄 | 2012년 09월 18일

지은이 | 다물
발행인 | 성열관

펴낸곳 | 어울림 출판사
출판등록 / 2009년 1월 23일 제313-2009-12호
주소 / 서울시 마포구 서교동 395-64 회산빌딩 3층 302호
TEL / 02-337-0120
FAX / 02-337-0140
E-mail / 5ullim@hanmail.net

Copyright ⓒ2012 다물

값 8,000원

ISBN 978-89-6430-932-2 (04810)
ISBN 978-89-6430-931-5 (SET)

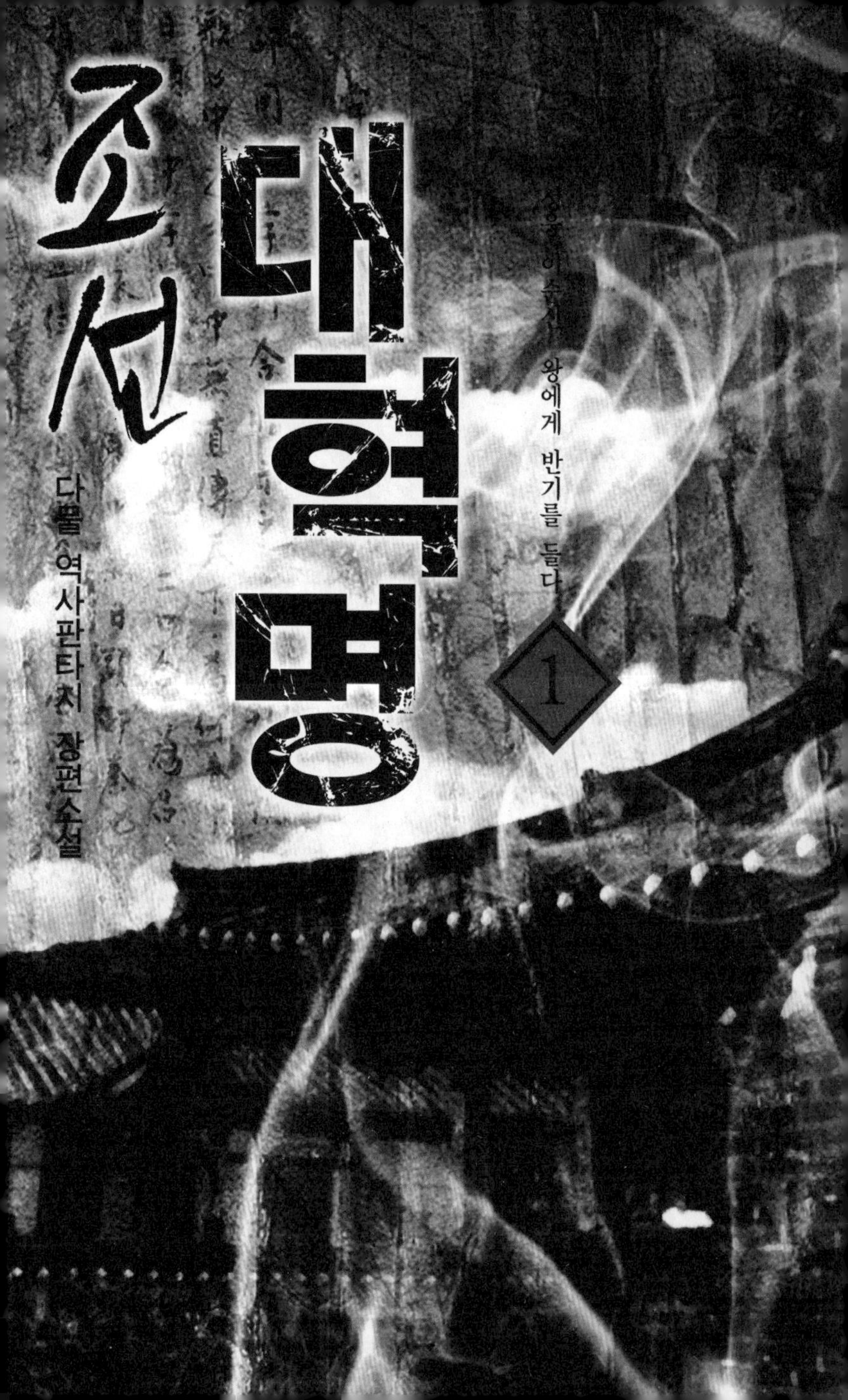
조선
대혁명
왕에게 반기를 들다
1
다물 역사판타지 장편소설

목차

필독

본 내용은 실제가 아니며 픽션임을 알려드립니다.
또한 극적 연출을 위한 허구 설정이 있음을 알려드립니다.

김한호

　불이 꺼져 있는 방 안, 작은 모니터 안에서 빛이 흘러나오고 있었다.

　창문에 푸른빛이 감돌며 햇빛이 스며들고 있었다.

　탁. 타탁. 탁.

　은색 자판 위로 손가락이 움직이고 있다. 하얀 화면 위로 검은 글자가 새겨지고 있었다.

　노트북 화면 아래에 117페이지라는 글자가 새겨졌다. 문서 정보란에 13만 5000글자라는 단어가 표시됨과 동시에 모든 일이 마무리되었다.

　수 시간 동안 자판을 두들겼던 소년은 피곤함을 느끼며

의자 뒤쪽으로 등을 기대었다.

"으웃~ 차~!"

팔을 쭉 뻗으며 기지개를 하였다. 그때 방문 밖에서 목소리가 울려 퍼졌다.

어머니의 목소리였다.

"아직 안 자니~?"

"이제 잘 거예요~ 엄마~"

큰 목소리로 어머니에게 곧 잘 것이라 말하였다.

소년은 기다리는 독자를 위해 인터넷 창을 띄웠고 파일 업로드 사이트에 원고 파일을 올릴 준비를 하였다.

'좋아… 마지막 완결 파일을 보내고…….'

비록 많은 인세를 받는 것은 아니었지만 독자들의 스트레스를 풀 수 있다는 생각에 흐뭇함을 느끼고 있었다.

그때 'Enter Key'를 두드리려던 소년의 손이 멈칫하였다.

"……."

정녕 그것만으로 되는 것일까?

문득 그러한 생각이 떠올랐다. 그리고 그러한 생각은 소년에게 새로운 꿈을 심어주고 있었다.

소년은 파일을 출판사에게 보낸 직후 피곤함을 느끼며 부랴부랴 이불 속으로 몸을 밀어 넣었다.

침대에 누운 상태로 천장을 보았고 새로운 꿈에 대한 도전을 그리기 시작하였다.

"정치인이라……."

그로부터 일곱 시간 뒤, 소년은 명동을 거닐고 있었다.

5층 안팎의 낮은 빌딩들이 줄지어 서 있었다. 건물들 벽엔 갖가지 간판들이 설치되어 있었고 차량 두 대가 겨우 지나갈 수 있는 좁은 길에 많은 사람들이 스쳐 지나가고 있었다.

팔짱낀 연인들이 있었다. 우정을 다지는 동성 친구들이 모여 즐거운 시간들을 보내고 있었다.

저벅저벅.

소년의 발걸음 소리가 퍼져 나갔다. 활기찬 명동 거리 복판에 원고 마감으로 밤을 지새웠던 소년이 자신의 친구들을 만나고 있었다.

"야, 늦었다. 미안혀."

"아냐. 괜찮아. 늦었으면 걍 쏘면 되는 거지."

지각 벌금으로 밥값을 내라는 친구들의 이야기에 소년은 정색을 하며 손을 내저었다.

"쏘긴 뭘 쏴. 나 돈 없어."

"걍 쏴. 김 작가~ 우리 중에서 유일하게 돈 벌잖아~"

대체역사 소설을 장르로 하는 최연소 작가였다. 더불어 중학생 때부터 여럿 작품을 냈던 나름 베테랑이라 할 수 있는 장르 소설 작가였다.

그러함에도 소년의 나이는 고등학생에 불과하였다.

친구들이 받는 용돈보다 일단 많은 수입을 얻고 있었다.

때문에 손사래를 치며 버티다가 결국 친구들의 요청에 응할 수밖에 없었다. 이른바 속죄의 의식이었다.

"알았어~ 알았어~ 늦었으니깐 낸다, 낸다고 자식들아! 대신 내가 먹고 싶은 곳을 갈 거야. 알았지?"

"그랴~"

한 턱 쏘기로 결심하였다. 때문에 음식점의 가격이 가장 중요한 요소로 작용되고 있었다.

소년은 친구들을 이끌어 명동 시내 복판을 활개 쳤고, 이내 자신이 착한 가격이라 판단한 음식점을 찾아 문을 열고 들어갔다.

유명 닭고기철판볶음밥 전문 요리점이었다. 소년은 자리에 앉는 대로 종업원을 불러 음식 주문을 시켰다.

"닭야채철판볶음 6인분하고 사이다 3병 주세요."

"알겠습니다."

나이 20살쯤 되는 여자 아르바이트생이 계산서에 주문 메뉴를 기록하였다.

얼마 지나지 않아 남자 아르바이트생이 다가왔다. 직후 테이블 중앙 프라이팬 위에 버터기름을 두른 후 닭고기와 야채를 그가 볶기 시작하였다.

치지직~! 치직~!

알바생이 직접 요리해주는 음식점에서 소년은 음식이 완성되는 동안 시선을 TV에 고정시켰다. 식당 내에 설치된 대형 벽걸이TV에 뉴스 채널이 방송되고 있었고 정치에 관련 된 뉴스가 소년에게 깊은 관심을 불러일으키고 있었다.

[진보노동당 국회의원 이철기가 오늘 오전 10시에 서울지방검찰청에 소환되어……]

'겉으로는 존내 깨끗한 척하더니, 결국 국민들의 뒤통수를 후리는구만… 개새퀴들…….'

중학교 때부터 시사 문제에 관심이 많았다. 때문에 소년이 대체역사 소설을 쓰게 된 것인지도 모르는 일이었다.

대체역사 소설은 사회에 대한 불만에서 시작되는 소설이었다. 그리고 그러한 불만의 문제가 꼬인 과거 속에서 생겨났다고 생각하는 소설이었다.

꼬인 과거를 개혁해 통쾌함을 느끼게 하는 소설이었다. 그런 소설을 썼던 소년에게 소년의 친구들이 이런저런 이야기들을 늘어놓았다.

"그나저나, 이제 완결권도 마감이 끝났고 책 다시는 안 쓸 거야?"

"다시 안 써. 안 쓸 거야."

"언제는 작가 생활하면서 평생 동안 글 쓸 거라고 하더니, 도대체 무슨 바람이 분 거야?"

"새로운 꿈을 꾸려고⋯⋯."

"새로운 꿈? 그게 뭔데?"

친구들의 물음에 소년은 쑥스러운 듯이 뒷목을 긁적였다.

그사이 철판 아르바이트생에 의해 요리가 끝이 났다. 알바생은 허리를 숙이며 연하 고객들에게 깍듯한 예우를 보였다.

"맛있게 드십시오~"

저벅저벅.

소년과 친구들 앞에서 주걱을 휘저었던 알바생이 떠났다. 직후 소년의 친구들이 소년에게 다시 질문을 하였다.

"그래, 새로운 꿈이란 게 뭐야?"

"작가 말고 할 게 생긴 거?"

연달아 날아드는 질문에 소년은 TV 쪽으로 잠시 시선을 돌렸다.

"⋯⋯."

정치에 관련된 뉴스가 여전히 나오고 있었다. 그를 보며 소년이 친구들에게 자신의 미래를 말하였다.

"정치나 할까 생각 중이야."

대체역사 소설로 해결 못 할, 대한민국 사회의 문제를 해결할 수 있는 유일한 해답, 소년 스스로가 판단한 유일한 해결책이었다. 그리고 그 해결책에 대해 소년의 친구들은 무한 의심을 불러 일으켰다.

"정치? 푸하하하하~!"

"네가 무슨 정치야~ 학교에서 공부도 잘 못하는 녀석이~"

"일단 장사부터 하는 게 답이겠네~ 비자금부터 만들어야 하니깐~"

정치인들을 비꼬면서 소년의 꿈을 비꼬았다. 그런 친구들을 보며 소년은 속으로 칼을 갈기 시작하였다.

'너희들은 아냐? 정치인을 욕하면서 대안 제시조차 못하는 행동이 얼마나 쪽팔리는 행동인지 말이야. 입으로만 내가 하는 게 낫다 하지 않고 내가 행동으로써 보일 테니, 어디 한 번 기다려봐라! 20년이 지나서 너희들은 날 찬양하게 될 테니!!!'

그로부터 3년이었다.

쏴아아~! 쏴아아~!

파도 소리가 울려 퍼지고 있었다.

하늘은 맑고 파랬다. 구름은 이국적인 풍경마냥 수평선에 아름답게 펼쳐져 있었다.

갈매기들이 고공을 비상하고 있었다.

끼루룩~

지루한 시간이었다. 그저 말없이 북쪽을 향해보는 시간, 졸음이 쏟아져 내리는 지겨움을 버틸 수 있는 건 오로지 곁에 있는 전우뿐이었다.

어느새 성인이 되었다. 군인이 된 소년은 곁에 선 후임병의 질문에 이런저런 대답을 해주며 지겨운 시간을 버티고 있었다.

"저쪽 바다 너머의 육지가 북한입니까?"

"그래."

"저쪽 끝에 사람이 다니는 것 같습니다."

"그게 보여? 눈 좋네~"

정말 보이는 것인지, 아니면 그저 넌지시 던진 말인지 알 턱이 없는 일, 중요한 것은 지겨운 시간을 어떻게 버티느냐 하는 것이었다.

'이제 9개월이구나… 앞으로 1년만 더하면 본격적으로 공부를 할 수 있겠어…….'

바다 건너 북쪽 대지를 보고 있었다. 소년이었었던 청년은 전역의 때를 생각함과 동시에 군대에 오기 전에 아버지가 했었던 말을 기억하였다.

'자고로 남자는, 거지같이 살아도 쪽팔리게 살아선 안 되는 거야. 쪽팔리지 않도록 최선을 다하고 있는지, 언제나 스스로에게 물어봐야 해.'

청년은 군인이었고 군인의 의무는 나라를 지킴에 최선을 다하는 것이었다.

장래 희망을 위해 형식적으로 병역의 의무를 지더라도, 청년은 자신에 맡겨진 의무, 소명을 완벽하게 완수해야 하는 원칙이었다.

'그래… 이딴 것 하나도 제대로 못하면, 이 거대한 나라를 어떻게 운영하겠어?'

흐트러졌었던 마음가짐을 다시 잡아냈다. 청년은 잠시 동안의 잡담을 멈추고 머나먼 북쪽 땅을 감시하였다.

그렇게 약 한 시간에 걸쳐 초병 근무를 섰다. 청년은 후임과 함께 막사로 향하는 길 위를 걸었다.

위이이잉~!

촥~! 샥~!

예초기의 플라스틱 끈이 수풀을 헤치고 있었다. 더불어 수풀들 사이에서 낫질하는 소리가 들려오고 있었다.

제초 작업에 한창이었다.

작업에 열중하고 있던 군인 중 한 사람이 길을 걷던 청년의 이름을 불렀다.

"야~! 김한호!"

"일병! 김한호!"

"신병 이름이 뭐야?!"

"이순신입니다!"

"그래! 이순⋯ 뭐?! 이순신?!!!"

"예!"

제초 작업 중이던 병장 계급의 고참이었다. 그는 얼마 전까지만 하여도 15일에 달하는 휴가를 보냈던 이였다.

휴가 떠나는 날에 신병이 전입을 왔고 휴가 복귀 다음 날에 신병의 첫 근무가 이뤄진 상황이었다. 신병의 이름을 잘 몰랐던 그는 신병의 이름을 듣고서 기막혀 하는 표정을 지었다.

"허, 참, 웃긴 이름일세⋯ 그럼 저 녀석은 십 원짜리가 아니고 백 원짜리라고 부르면 되는 거냐?!"

"큭, 큭~!"

"킥킥킥~!"

풀밭 주변 군인들 입가에서 웃음소리가 터져 나왔다. 병장의 짓궂은 말장난에 신병은 어색한 미소를 보이고 있었다. 그런 신병을 보며 병장은 해맑은 미소를 띠었다.

"야! 신병!"

"이병! 이순신!!"

"농담이다! 나 군생활 몇 달 안 남았지만! 한 번 잘 지내보자!"

"예! 알겠습니다!!!"

신병의 우렁찬 목소리가 울려 퍼졌다. 곁에 있던 김한호는 흐뭇한 미소로 신병을 바라보았다. 직후 작업에 매진

중인 병장에게 거수경례를 하였다.

"가보겠습니다. 필승!"

"필승! 총기반납하고 빨리 와라! 여기 사람이 적다!"

"알겠습니다."

저벅저벅.

가던 길을 다시 걸었다. 김한호는 신병을 이끌어 막사로 돌아갔다.

이후 총기와 탄약 반납 후 즉시 낫을 챙겨 제초 작업 지대로 향하였다. 그렇게 하루의 일과, 과업이 또 흘렀다.

그날 저녁, 막사 내 화장실에서 물길이 생겼다.

촤악~!

"좋아! 밀어!"

"예!"

샤샥! 샤샥!

바닥에 치약을 뿌리고 그 위로 말통의 물을 뿌린다. 직후, 군인들이 빗자루로 물을 밀어내는 방식, 군인 용어로 미싱이라 불리는 군대식 화장실 청소였다.

첫 청소에 나선 신병의 행동은 신속하였고 또 정확하였다. 청소가 끝난 이후 김한호는 신병의 어깨를 두들기며 그의 행동을 격려하였다.

"잘했어. 네 덕분에 청소가 빨리 끝났다."

"아닙니다……."

칭찬은 고래도 춤추게 한다. 김한호는 신병의 기를 바짝 살리고자 하였다. 이후 두 사람은 화장실 청소를 끝내자마자 자신들의 생활관으로 돌아가 생활관 중앙 테이블에 둘러앉았다. 그리고 그들의 고참병들과 함께 9시 뉴스 시청 시간 때까지 작은 미니 게임을 하였다. 예를 들어 가위바위보를 해서 진 사람이 딱밤을 맞는 식의 게임이었다.

신병에게 있어선 시련의 첫 관문이라 할 수 있었다.

"야. 군생활 편하게 하고 싶으면 살살 쳐."

"……"

살살 치면 살살 쳤다고 욕먹을 것이고, 세게 치면 세게 쳤다고 1년 7개월간의 군생활이 꼬일 위험이 있었다.

두 가정 사이에서 이순신은 갈팡질팡하였다. 그를 보고 김한호는 유일한 해답을 제시하였다.

'그냥 적당한 세기로 때려.'

'알겠습니다……'

중용의 미덕이었다. 김한호의 뜻을 이해한 이순신은 적당한 세기의 힘으로 분대장의 이마에 산뜻한 타격감을 밀어 넣었다.

탁!

"좋아. 한 번 더 하자."

김한호와 이순신의 분대장은 딱밤을 맞는 즉시 재차 가위바위보를 하고자 하였다. 그때 뉴스 시청 시간이 다가왔다. 복도에서 당직부사관의 목소리가 울려 퍼졌다.

"9시 정각! 뉴스 시청!!!"

"9시 정각~! 뉴스 시청~!!!"

각 분대 생활관 별로 복명복창이 이루어졌다. 김한호는 분대장 허락 하에 리모컨을 집어 들어 창문가에 위치한 TV를 켜 뉴스 채널을 틀었다.

9시 뉴스가 방송되고 있었다. 분대 생활관 내 모든 이들은 뉴스 채널에서 나오는 아나운서의 목소리에 귀를 기울이고 있었다.

밀폐된 부대 내에서 세상을 알 수 있는 유일한 소통이었다.

[오늘 북한 군사위원회는 내일 서해 5도 포병 부대 실사격 훈련을 좌시하지 않을 것이라며 우리 정부에 최후통첩을……]

첫 뉴스부터 김한호와 이순신에게 중요한 뉴스였다. 두 사람이 소속 된 부대는 다름 아닌 백령도, 서해 최서단 전략적 요충지에 위치한 최전방 중의 최전방 부대였다.

그간 군 생활을 오래 지낸 분대장이 투덜거렸다.

"지랄을 한다. 지랄을 해……."

테이블 맞은편에 앉아 있던 김한호의 또 다른 고참이 분대장의 말을 거들었다.

"저 동네는 맨날 저런답니까?"

"내 말이."

어떻게 보면 심각한 내용이었다. 하지만 늘 있어왔던 이야기였고 경고 이후 별 다른 일들이 벌어지지 않았기에 생활관 안에 있는 이들은 별로 대수롭지 않게 여기고 있었다.

내일 포병 부대가 사격 훈련을 하는 동안 자신들은 작업을 하고 있을 것이며 오후엔 축구 대회를 하게 될 것이라 생각하였다.

반면 김한호는 직접적인 타격이 있을 것인지 없을 것인지에 대해 생각을 재었다.

'저쪽에서 때리면 우린 확전되지 않는 선에서 반격하게 되고, 만약에 우리가 확전할 의사를 가진다고 저쪽에서 파악하면 안 때릴 수…….'

그러다가 생각을 멈춰 자신이 일개 군인임을 자각하였다.

'생각해봤자 뭐 하겠어. 나에게 있어서 최선은 시키는 대로 하는 것일 뿐이지…….'

아무리 생각해보아도 현실은 바뀌지 않았다. 적어도 자신이 전역하기 전까지는 그렇게 되지 않으리라 여기고 있었다.

그렇게 시답지 않게 생각하고 있을 때였다. 생활관 천장 스피커에서 어떤 이의 목소리가 울려 퍼졌다.

—아, 아, 아.

"……?"

TV 화면을 바라보다 스피커 쪽으로 고개가 돌아갔다. 직후 스피커에서 당직 사관의 지시가 내려졌다.

—소포 불출이 있겠다. 호명하는 대원은 곧바로 행정반에 올 수 있도록. 김유하, 정은식, 이순신, 차일성…….

이순신의 이름이 호명되었다. 군생활을 시작한 이순신을 위해 그의 부모가 소포를 붙인 듯하였다.

막사 내라 할지라도 이등병 혼자 이동할 수 없었다. 때문에 김한호가 이순신을 이끌었다.

분대장 앞에 나란히 섰고 그에게 소포를 받고 오겠노라 신고를 하였다.

"일병 김한호 외 일 명, 행정반에 다녀오겠습니다. 필승."

"알았다. 다녀와."

"예."

김한호는 이순신과 함께 행정반으로 향하였고 그를 당직사관 앞에 데려다 주었다.

소포 박스를 뜯어 내용물을 확인한 당직 사관이 이순신에게 의문사항을 전하였다.

"물품은 확인했다. 이상은 없고, 근데, 박스 안에 들어있던 말 꼬랑지 같은 것은 뭐야? 대체?"

"호신용 부적입니다."

"호신용 부적?"

"예. 아무래도 어머님께서 넣어주신 것 같습니다."

"······."

군대에 아들을 보낸 부모 심정은 한결 같다. 군생활이 끝날 때까지 아들의 안전을 기도하는 것이 부모의 마음이었다.

젊은 당직 사관은 별 다르게 생각하지 않으며 말 꼬랑지, 끈 뭉치가 들어 있는 박스를 이순신에게 건네주었다.

"과자는 내일 휴식 시간에 나눠먹어라. 네 분대장에게도 그렇게 말하고."

"알겠습니다."

"가봐."

"예."

당직 사관과 이순신 사이의 대화를 지켜보았다. 김한호는 이순신을 이끌어 다시 생활관으로 인솔하였다. 그리고 소포를 분대장에게 보이게 한 뒤 일석점호를 받았다.

다음 날이었다.

짹짹. 짹.

삐익. 삑.

새소리가 넘쳐나고 있었다. 산 숲을 헤치다 지정된 위치에서 발걸음을 멈췄다.

툭.

어느 정도 터 닦인 곳에서 철조망 묶음을 내려놓았고 쇠말뚝을 내려놓았다. 김한호와 이순신은 자신들을 이끈 하사 간부와 함께 산 능선 바위 위에 걸터앉았다.

슥.

"한 개비 피고 시작하자. 후우……."

큰 바위 위에 앉은 하사가 전투복 가슴 주머니 안에서 담배갑과 라이터를 꺼내들었다.

"쓰읍~ 후우~"

담배 연기를 내뱉으며 바다에서 불어오는 시원한 바람에 땀을 식히고 있었다.

10분간의 휴식, 바위에 앉아 있던 하사가 이순신에게 질문을 하였다.

"신병."

"이병, 이, 순, 신."

"그래. 순신아… 넌 군대오기 전에 뭐 하면서 지냈냐?"

신병에게 묻는 보통의 질문이었다. 그 물음에 이순신은 군대에 오기 전, 자신의 일상들을 말하였다.

"휴학하고 난 뒤 아르바이트하다가 왔습니다."

"그래? 학교는 어디 학교인데? 그리고 과는?"

"연세대 법학과입니다."

"연세대 법학과?"

나름 공부 좀 했다는 이들이 다니는 과였다. 그런 이순신을 보며 하사는 혀를 차며 끌끌거렸다.

"큭큭큭~ 야. 한호야. 네랑 좀 친하겠다."

"그, 그러게 말입니다……."

하사의 이야기에 김한호는 어색한 미소를 내보였다. 이순신은 자신과 친할 것이라는 이야기에 고개를 갸웃거리며 김한호 쪽으로 시선을 돌렸다.

"……?"

직후 하사가 신병의 궁금증을 풀어주었다.

"네 고참 말이야. 서울대 정치외교과다."

"헉!"

김한호의 학력에 이순신은 격한 반응을 내보였다. 김한호는 머리 뒤쪽을 긁으며 멀리 보이는 막사 건너를 바다를 볼 뿐이었다.

툭. 툭. 툭.

담뱃재가 털려 나갔다. 바닥에 떨어진 담뱃재 위로 하사의 군홧발이 올려졌다.

꾸욱~

불씨를 꺼트린 하사는 꽁초를 바지 건빵 주머니에 넣고 작업을 시작하려 하였다.

"시작하자. 오늘 내로 이백 미터는 깔아야 해."

"알겠습니다."

"저기 장갑하고 철조망 좀 가져와라."

"예."

휴식 시간이 끝났다. 김한호는 하사의 지시를 따라 장비들을 챙겼다. 장갑을 낀 채 묶음으로 묶여 있던 철조망을 펼쳤다.

그때 곁에 서 있던 이순신이 김한호와 하사를 거들고자하였다.

"저도 돕겠습니다."

그 말에 김한호가 이순신을 말렸다.

"아니, 돕지 마. 위험하니깐 잠시 옆에서 지켜만 보고 있어."

"……."

의욕 충만한 이순신이었다. 그는 안전부절한 모습으로 김한호와 하사를 바라보고 있었다. 반면 김한호와 하사는 그의 시선에 아랑곳 않은 채 맡은 바 일에 매진하기 시작하였다.

김한호와 하사의 손에 철조망이 벌려지고 있었다.

좌락~ 좌락~

이후 쇠말뚝이 철조망 사이에 세워졌다.

"시작점이다. 여기에 하나 박자."

"예."

"자, 여기 말뚝을 잡아."

슥.

하사의 지시를 따라 김한호는 기다란 쇠말뚝을 움켜쥐었다. 그 위로 하사의 조심스런 망치질이 시작되었다.

깡! 깡!

"읏!"

망치질 두 번에 김한호의 입에서 신음 소리가 터졌다. 김한호의 팔을 철조망의 이빨들이 할퀴었고 그를 본 하사가 망치를 놓고서 김한호의 팔을 걱정하였다.

피가 날 듯 말 듯한 상처가 보이고 있었다.

"괜찮아?"

"괜찮습니다. 조금 스쳤을 뿐입니다."

"……."

일단은 상처 치료 없이 계속해서 작업을 할 수 있는 상태였다. 하지만 추가 인원이 필요한 상황이었다.

팔뚝에 닿는 철조망을 벌려줄 이가 필요하였다. 김한호와 하사의 시선은 자연스레 이순신에게로 향할 일이었다.

"철조망을 벌려주면 금방 끝날 텐데……."

"행정관님에게 걸리면 어떻게 합니까? 이등병에겐 일시키지 말라 하셨는데 말입니다."

"됐어. 안 걸리면 돼. 다른 곳에서도 이등병 잘 굴려 먹는데 우리만 이럴 필욘 없잖아."

"……."

사람 한 명의 도움이 절실한 상황, 결국 김한호가 이순신을 불렀다.

"순신아."

"예!"

뻘쭘하게 서 있다가 임무가 하달되니 이순신의 입꼬리가 귓가로 잔뜩 당겨졌다.

김한호의 부름에 이순신은 한걸음에 내달려왔다.

"시키실 일이라도 있으십니까?"

"그래. 장갑 끼고 철조망 좀 벌려줘."

"예. 알겠습니다!"

고참의 도움 요청에 이순신은 고무된 표정으로 하사가 던져주는 장갑을 받아 꼈다.

그는 김한호의 지시대로 철조망을 벌렸다. 직후 하사의 망치질이 다시 시작되었다.

깡! 깡!

행정관이 오기 전에 작업을 마무리해야 했다. 때문에 망치를 내려치는 손놀림은 좀 전보다 훨씬 빨라지고 있었다.

깡! 깡! 깡!

덕분에 휴식 시간도 빨리 올 일이었다. 산 능선 100m 구간까지 철조망을 설치한 뒤, 세 사람은 다시 10분간의 휴식을 만끽하였다.

그때, 산 너머에서 포성이 울리기 시작했다.

쿠궁… 쿠구궁……!

소리를 들은 하사가 담배를 물은 뒤 짧은 감상을 전하였다.

"야. 시작했다……."

"그런 것 같습니다……."

사격 훈련이 있을 시 불벼락을 날리겠다던 북한의 최후통첩이 떠올랐다. 작업을 진행 중인 세 사람은 그날도 별문제 없이 지나갈 것이라 여기고 있었다.

그래서인지 이순신은 별 긴장감 없이 산 너머 포병 부대에 대해 관심을 내보이고 있었다. 그는 신병 특유의 호기심을 보이며 김한호에게 이런저런 질문들을 내던지고 있었다.

"K9입니까?"

"그래."

"다연장로켓도 있다고 들었는데 그것도 있습니까?"

"아니, 그건 연평도."

뉴스에서나 보던 무기들이었다. 그리고 그런 무기들이 산 너머에서 실사격 훈련을 행하는 중이었다. 이순신에게 있어선 난생 처음 느낄 색다른 경험이었다.

담배를 문 하사가 농담을 던졌다.

"진짜 저거 쏘고 북한에서 포탄 날아오는 거 아냐? 설마 우리가 여기에 철조망 깐다고 전략적 요충지니 뭐니 해서 날아오진 않겠지?"

씨익~

반 장난 반 진심 말에 김한호와 이순신은 피식거리며 입꼬리를 올렸다. 직후 하사가 이순신에게 물었다.

"순신아."

"이병, 이순신."

"어제 너 소포 속에 부적 있었다며?"

"예. 있었습니다."

"혹시, 지금 갖고 있냐?"

하사의 질문에 이순신은 장갑을 벗고 바지 건빵 주머니를 뒤졌다. 이순신은 건빵 주머니 안에 있던 부적을 손바닥 위에 올려 하사에게 보여주었다.

"여기 있습니다."

"좋아. 여기에 포탄 날아올 일은 없겠어. 근데, 이거 뭐야? 끈 뭉치 같은 것이……."

"칼자루 장식입니다."

"칼자루 장식?"

"예."

칼자루 장식이라는 이야기에 곁에 있던 김한호가 물었다.

"칼자루 장식이라면 칼자루 끝에 매다는 끈 뭉치 말하는 거야?"

"예. 그렇습니다."

이순신의 답변에 김한호는 속으로 생각하였다.

'딱 봐도 골동품 같은데, 진품명품에 나가면 시가 1억 원짜리로 변하는 거 아냐?'

어떤 유명 장군의 칼자루 장식일지도 모른다는 생각에 김한호는 호기심 어린 눈빛으로 끈의 형태를 살폈다. 그러다 10분 휴식 시간이 끝이 났다. 이제 다시 작업을 해야 하는 때가 왔다.

"야, 잘 갖고 있어라. 그리고 군대 안에서 물건 없어지고 하면 시끄러워지니깐, 칼자루 끈이니 뭐니 하는 얘긴하지 말고."

"아, 알겠습니다."

신병에게 충고를 준 김한호는 즉시 하사에게 작업을 개시하겠노라 말하였다.

"시작하겠습니다."

"그려."

다시 장갑을 껴 철조망을 벌렸고 벌려진 철조망 사이에 쇠말뚝을 세웠다. 그 위로 하사의 망치질이 다시 시작되었다.

깡! 깡!

그렇게 작업을 다시 시작할 때쯤이었다. 김한호와 이순신, 하사의 머리 위로 굉음이 울려 퍼졌다.

슈우우웅~ 슈웅~

"······?"

그로부터 몇 초 뒤 북쪽 먼 바다에서 포성이 들려왔다.

쿵··· 쿠궁······.

직후 능선 너머 포병 부대에서 산 전체가 울리는 폭발음이 울려 퍼졌다.

쿠구궁!! 쿠궁!

더불어 산기슭 아래 바다와 맞닿은 부대 막사에서 불기둥이 치솟았다.

쾅!! 콰쾅!! 펑!!!

"······!!!!"

처음엔 어리둥절했다. 그러다 폭발음과 화염에 크게 놀랐다.

"뭐, 뭐야?!!"

"이, 이런······!"

연병장이 불타고 있었고 부대와 바다 사이의 마을이 불타고 있었다.

세 사람의 시야 안에서 검은 연기가 치솟고 있었다. 또한 연달아 폭발들이 터지고 있었다.

쾅!! 쾅! 콰콰쾅!!!

"······."

숨이 멎는 듯한 느낌을 받았다. 눈앞에 펼쳐진 상황에 대해 감 잡기까진 대략 몇 초가 지나서야 가능할 수 있었다.

위급상황에서 가장 먼저 발걸음을 옮긴 것은 이순신이었다. 그는 하사와 김한호가 뛰라고 지시하기도 전에 막사를 향해 전력질주하기 시작하였다.

탓!!

찌지직~!

철조망에 건빵주머니가 걸려 뜯겨진 것도 모른 채, 앞뒤 가리지 않고 막사로 내달렸다.

누가 뭐래도 그는 이등병이었다.

"아놔~! 혼자서 가면 어쩌자는 거야!!! 누가 이등병 아니랄까봐!!! 일단 저 먼저 가겠습니다!!!"

"그, 그래! 저 새끼 당장 잡어!!!"

혼자 달리다 큰일을 당하면 그 책임은 김한호, 같이 작업을 하였던 하사가 질 일이었다.

김한호는 이등병의 발자국을 따라 달렸고 그를 붙잡기 위해 안간힘을 다하였다.

수풀 그득한 산길을 내달려 전력으로 질주하였다.

탁탁탁탁~!!!

그러다 길에 떨어진 이순신의 부적, 칼자루 장식들을 발견하였다.

덥석!

탁탁탁탁~!!

달리면서 부적을 집어 들었다. 김한호는 막사로 내달리

던 이순신과 기어코 거리를 좁혀냈다. 그리고 그의 등이 다시 보일 때쯤 큰 목소리로 그를 불렀다.

"야! 이순신!!!!!"

그때였다. 바닥에서 튀어 오른 화염 속으로 이순신의 모습이 사라졌다.

쾅!!!!!

"……!!!"

화르륵~

튀어 오른 화염은 주변 대지를 잔 불꽃으로 태웠다.

그 안에 검게 그을린 이순신의 시신이 있었다.

저벅.

"…….."

시신 근처로 다가온 김한호는 후임의 시신 앞에서 그 어떤 생각도 할 수 없는 상황이었다.

그때 김한호를 뒤쫓은 하사가 달려와 이순신의 시신을 확인하였다.

탁탁탁…….

"씨, 씨발……."

입에서 자연스레 욕이 나왔다. 그는 어찌할 줄 모르다 이순신의 군번줄을 떨리는 손으로 떼어냈다.

뚝!

"가, 가자……!"

"······!!"

슬퍼할 수 없었다. 아니, 다급한 상황에서 그곳에 있을 여유조차 없었다.

대한민국 최서단, 백령도 전체에 폭연이 메워지고 있었다.

쿠궁~! 쿠궁~!!

포성을 들으며 즉시 막사로 내달렸다. 비상벨이 울리는 행정반에서 총기를 챙겼고 군장들을 챙겼다. 직후 탄약고에서 막 빼낸 실탄 상자들을 받은 뒤 호 투입 위치를 확인하였다.

작업을 같이 하였었던 하사가 김한호에게 호의 위치를 알려다 주었다.

"한호야, 넌 에이 다시 삼 번 호다!! 알았지!!"

"예!!"

호 투입 위치를 들은 직후 행정반 안으로 임관 4개월째 되는 소위가 들어왔다.

"에이 지대!! 탑승!!!"

"탑승!!!"

복명복창이 울려 퍼졌다. 김한호는 실탄 상자와 총기를 들고 막사에서 빠져나왔다.

부우우웅~

김한호가 탑승한 60트럭이 출발했다. 직후, 막사 건물

옥상에서 폭발이 일어났다.

 쾅!! 와장창!!!

 북한군의 포격이었다. 옥상 아래층의 창문들이 박살 나 1층의 화단 위로 빛을 발하며 떨어졌다.

 그 모습을 군인들, 김한호가 바라보고 있었다. 그들은 전투 중에 별일이 없기만을 기도하고 있었다.

 차량에 탑승한 소대장이 목소리를 높였다.

 "도착하는 대로 호에 들어가 경계를 취한다! 경계 방향에서 움직이는 것들은 전부 다 적이다!!! 알았지?!!"

 "예!!!"

 "우리가 뚫리면! 가족들이 북한 정권 아래에서 갖은 억압을 다 당할 거다!! 조국을 위해 싸운다 생각지 말고 가족들을 위한다는 생각으로 싸워라!! 난 내 부모와 내 마누라를 위해서 싸울 거다!!!"

 군인이란 어떠한 이들인가? 바로 자신의 가족들을 위해 목숨을 바치는 이들이었다. 자식을 위해, 아내를 위해, 부모를 위해 싸우는 것이 바로 군인이었다.

 공격을 받았다. 그리고 패배하면 자신은 물론 가족들의 미래 또한 사라지게 된다.

 백령도에 주둔해 있는 해병대 군인들이 처절하게 싸워야 이유가 있었다. 김한호를 포함해 트럭에 탑승한 이들 모두는 처절한 사명감 아래에서 적들과 싸우고자 하였다.

누가 대한민국의 군인이 약하다고 하였나, 대한민국의 군인은 통일을 위한 군대가 아닌, 자신들의 가족을 지키기 위한 군대였다.

끼익~!!!

"하차!"

"하차!!!!!!"

철컹~!!

탁! 타탁!! 타탁!!

트럭의 뒷문이 열림과 동시에 해병대 대원들이 하차하였다.

김한호는 땅을 밟는 즉시, 자신이 위치해야 할 호로 탄약 상자를 들고서 내달렸다.

'에이 다시 삼 번 호! 에이 다시 삼 번 호!! 저기다!!'

호가 보였다. 호 안에 이미 김한호의 분대장이 투입되어 있었다.

분대장은 탄약도 없이 홀로 호를 지키고 있었다. 그는 무서움과 외로움에 떨다 김한호를 보고서 크게 반가워하였다.

"왔구나!! 탄약은!!"

"여기 있습니다!!!"

타탓! 탁!

방벽에 설치된 호로 뛰어 들었다. 직후 모래주머니 위로 소총을 올렸다. 그리고 착용하지 못했던 조끼를 둘러 입기 시작하였다.

슥~ 슥~

그때 분대장이 바닥에 놓인 또 다른 전투 조끼를 확인하였다.

"뭐야? 왜 조끼가 하나 더 있어?"

"순신이 겁니다!!"

"그, 그 녀석의 것이 왜 여기에……?"

"죽었습니다!! 산에서 내려오다 포탄 맞고 죽었습니다!!"

"뭐어?!!"

실전도 처음이었고 누군가 죽었단 소식도 처음이었다. 충격을 받은 분대장은 떨리는 눈빛으로 김한호를 바라보고 있었다.

그사이 김한호는 해야 할 일들을 하고 있었다. 조끼의 탄창 주머니와 탄약 상자를 열었고 주머니 속에서 탄창을 꺼내 탄창 안으로 총알들을 채워 넣기 시작하였다. 그러면서 곁에 멍하니 있던 분대장의 정신을 일깨웠다.

"총알 안 채웁니까?!!"

"아, 알았다……!!"

평시 같으면 선임에게 언성 높였다고 갈굼 먹을 일이었지만 전시라는 특수한 상황 탓에 그럴 여유조차도 없는 상황이었다.

김한호는 탄창에 총알을 채워 넣는 대로 자신의 소총 아래로 탄창을 꽂아 장전시켰다. 직후 소총을 모래주머니에 다시 올려놓은 채 이순신의 탄창에 총알들을 꽂기 시작하였다. 전투 도중에 기존 탄약을 다 쓰면 이순신의 탄창을 쓸 생각이었다.

그렇게 모든 준비가 끝났다. 준비를 끝낸 분대장이 김한호에게 그가 알지 못하는 사실을 말하려 하였다.

"야. 너 소식 들었어?"

"무, 무슨 소식 말입니까?"

"그전에 묻자. 너희 집 일산 아니었냐?"

"맞습니다. 그것은 왜 물으십니까……?"

"……."

북쪽 해안으로 총구를 겨눈 채 분대장은 말을 잇지 못하였다. 그저 말없이 북쪽을 바라보며 적들이 오기만을 기다릴 뿐이었다.

북쪽 대지와 백령도 사이의 바다에서 물보라가 일고 있었다.

멀리서부터 굉음이 울려 퍼지고 있었다.

우우웅…….

소리가 나는 곳의 실루엣을 확인하였다. 김한호는 피아식별 교육에서 배웠던 적들의 장비들을 확인하였다.

'공기부양정이다!! 상륙전인가?!!'

그때 먼 북쪽 해안 절벽에서 불꽃이 일었다.

포격이 다시 시작되었다.

"엎드려어~!!!!!!"

분대장이 외쳤고 동시에 김한호가 몸을 웅크렸다.

'망할!!!'

쾅!! 콰쾅!!!

해변 주변에서 폭발이 터지기 시작했다. 모래가 하늘 위로 튀어 오름과 동시에 김한호가 위치한 호에서 불기둥이 치솟았다.

콰쾅!!!

직격, 그 이상도 그 이하도 아니었다.

그러나 김한호는 죽지 않았다.

그는 아직 살아 있었다.

때는 1598년이었다.

위대한 성웅(聖雄)을 만나다

모래 고운 해변 위로 바닷물이 하얗게 부서졌다.

쏴아아~ 쏴아아~

사삭~ 사사삭~

한가롭고도 평화로운 풍경이었다. 해변가 숲속 망루에 서 있던 이국인들은 눈앞에 펼쳐진 해변을 보며 고향을 떠올리고 있었다.

"집에 가고 싶다……."

"나도… 집에 처자식은 잘 있는지 모르겠네……."

집을 떠난 지 어언 3년, 두고 온 가족들이 보고 싶어 미칠 지경이었다.

그날도 하염없이 먼 바다를 보고 있었다.

멀리 보이는 수평선 위로 배 한 척이 떠다니고 있었다.

철썩~!

끼익~ 끼익~!

거친 파도 소리와 함께 목재 선박 특유의 삐걱거림이 울려 퍼지고 있었다.

두정갑(豆丁甲)을 착용한 한 장수가 수병들에게 지시를 내리고 있었다.

그는 조선 수군의 눈과 귀라 할 수 있는 조방장(助防將) 김완(金浣)이었다.

"적들을 철통같이 감시하라!! 예사롭지 않은 움직임이 있거든! 즉각 보고토록 하라!!"

"예!!!"

수병들의 외침이 울려 퍼졌다.

그들은 결단코 적들을 살려 보내지 않으려 하였다.

임진년(壬辰年)에 전란이 일어난 지 어언 6년 하고도 반년, 10만이 넘는 대군으로 조선강토를 휩쓸었었던 왜군(倭軍)은 조선 각지에서 일어난 의병, 압록강을 건넌 명국군(明國軍), 조총과 신기전 등으로 무장한 조선군에 의해 궁지에 내몰렸다.

육지에선 초전과 다르게 패전을 거듭하고 있었고 해전에

선 개전 5년 후 칠천량에서의 전투를 제외하고 모조리 전패를 한 실정이었다. 거기에 태합(太閤) 풍신수길(豊臣秀吉) '도요토미 히데요시'가 전쟁 도중에 숨을 거둔 상태였다.

이미 전쟁은 패했고 전쟁을 유지하고자 하는 수장조차 사라진 상태, 개인 사병을 거느리는 왜장(倭將)들 입장에선 더 이상 의미 없는 전쟁에 자신의 사병들을 소모할 이유가 없었다. 그들은 자신들의 영지로 돌아가길 바라고 있었다.

전란이 벌어지기 전, 출정이 실패할 것이라 여기며 필사적으로 개전(開戰)을 막으려 했었던 왜장이 있었다. 그는 상인 출신으로써 일본 역사상 최초의 천주교 신자였고 전쟁이 시작되자 선봉장으로 나서 조선 백성들을 무참하게 도륙했었던 인물이었다.

이른바 소서행장(小西行長) '고니시 유키나가'라는 인물이었다.

조선 수군의 포위망을 뚫어야 했다. 조선 땅에 세운 순천 왜성에서 자신의 영지로 돌아가기 위해 반드시 해상을 뚫어야 하는 상황이었다.

그날도 병풍 앞 다다미 바닥에 앉아 작은 십자가가 걸린 묵주를 손에 쥐고서 하나님과 성모 마리아에게 기도하고 있었다.

'성모 마리아시여… 이 땅에 온 이래 우린 너무나도 많은 죄를 지었나이다… 저를 따르는 이들이 이 시련을 이길 수 있게 하옵시고… 부디 고향에 돌아가 하나님의 권능을 따를 수 있는…….'

수년 전, 자신이 저질렀었던 살생, 살인을 기억하고 있었다.

부산포에 상륙하여 동래성으로 진격하였었고 남녀노소를 가리지 않는 수많은 조선인 백성들을 도륙하였었다. 어쩌면 그 죄악으로 다가온 시련일지 모르리라 생각하고 있었다.

전쟁이 일어나기 전, 전쟁을 막고자 사방팔방으로 뛰어다녔었지만, 이제 그러한 과거 따윈 중요치 않는 상황이었다.

자신과 자신의 군사들은 살인을 벌였었고 이제는 조선 수군 앞에서 죽을 날만을 기다리고 있는 상태였다.

죽을 땐 죽더라도 해볼 것은 다해보고자 하였다. 고니시 유키나가는 자신의 가신인 요시라가 오기만을 기다리고 있었다.

드륵~

미닫이문이 열렸다. 승려 '요시라'가 고니시의 눈앞에 나타나 무릎을 꿇었다.

"주군!"

눈 감은 채로 기도를 올리던 고니시가 요시라에게 임무 결과를 물었다.

"시마즈 장군과는 연락이 닿았는가?"

"……."

묵묵부답이었다. 그의 반응이 고니시의 모든 상황을 말해주고 있었다.

"결국, 우린 완전히 포위되었군… 물 샐 틈도 없이 말일세……."

"조선 수군의 포위망이 너무나도 완벽합니다……."

"하하하… 이거 정말, 최악이로군… 사천과 남해의 원군과 연락이 안 되니, 노량으로 협공을 할 수도 없고… 그럼 해결책은 하나밖에 없는 것인가……?"

묵주 돌리기를 그만뒀다. 고니시는 바닥에 묵주를 내려놓고 자신의 생각을 말하였다.

"통제영에 자객들을 보내야겠어……."

"암살하실 생각이십니까?"

"그렇게라도 해야겠지… 그를 죽이지 않고선 나뿐만 아니라, 사천과 남해에 위치한 모든 장군들도 물귀신이 되고 말 것이니……!"

해신(海神), 그것은 일본의 장수들이 조선의 한 장수에게 붙인 별명이었다.

적어도 해상에서 이뤄지는 모든 상황은 그의 손바닥 위

에 놓여 있다 하여도 무방한 일이었다.

탈출을 위해서는 어떻게 해서든지 그를 죽여야 하는 상황, 고니시는 최후의 수단을 쓰기로 결심하였다. 그것은 살아남기 위한 유일한 선택, 장수의 자존심을 내던지는 행위였다.

그날 밤, 고니시의 자객들이 고금도 통제영에 이르렀다.

활~ 활~

달빛이 스며드는 창가 앞에 호롱불이 솟아올랐다.

따뜻한 남쪽 땅에도 늦가을의 기운이 찾아와 창문 사이로 찬바람이 비집고 들어왔다.

탁, 슥~

의자를 당긴 뒤 그 위에 앉았다. 붉은 도포로 이뤄진 홍철릭(紅帖裏)을 입은 장수는 책상 위에 놓인 한 개의 첩을 펼쳤다.

두 개의 글자가 새겨져 있었다. '免死', '죽음을 면하다'라는 두 개의 글자가 홍철릭 장수의 두 눈 안에 깊게 새겨지고 있었다.

면사첩(免死帖), 왜군에 항복한 조선인들 명국병사들의 죄를 사면시킬 때나 쓰던 글귀였다. 그러한 수백 개의 첩

중 하나가 조선 최고 장수의 눈앞에 놓여 있었다.

자신에게 내려진 면사첩을 보는 이, 그는 조선 강토를 짓밟은 이들을 상대로 백전백승을 일궈낸 위대한 성웅(聖雄)이었다.

"……."

그저 말없이 바라보고 있었다. 그때 문이 열렸다.

끼익~

척!

의자에 앉아 있던 장수와 같은 복식이었다. 그는 자신과 같은 이름을 지닌 상관에게 허리를 굽힘과 더불어 휘하 장수로부터 온 보고를 상관에게 전하였다.

"조방장으로부터 보고입니다. 순천 왜성의 고니시는 완전히 고립되었으며 사천과 남해의 왜장들에게 보내는 연락선들이 아군 수군 함대에 의해 차단되고 있는 상황입니다."

직후 면사첩을 보던 장수가 지시를 내렸다.

"조방장에게 일러 순천을 감시토록 하고, 자네는 함대로 돌아가는 즉시, 노량을 철두철미 감시토록 하게……."

"알겠습니다. 장군."

보고와 지시가 오갔다. 지시를 받은 장수의 눈길이 책상 위의 첩 쪽으로 옮겨졌다. 그의 두 눈 안으로 '免死'라는 글자가 들어왔다.

"장군⋯⋯."

"⋯⋯."

부하의 눈길이 면사첩으로 옮겨지자 홍철릭의 장수는 괜한 분란을 막고자 그것을 치워냈다.

적들이 앞에 있었고 적들을 섬멸하는 그때까지 절대 안심할 수 없는 상황이었다.

홍철릭의 장수는 왕에 대한 반감 대신 백성들을 위한 성전(聖戰)만을 생각하고 있었다.

"내가 어떤 상황이든, 자네와 난 이 나라를 지키기 위해 싸울 뿐이네. 그러니 잡다한 생각은 하지 말도록⋯⋯."

"장군⋯⋯."

"어서 함대에 가보도록 하게나⋯⋯."

"알겠습니다. 장군⋯⋯."

부하 장수의 맘을 추슬러 그를 그의 함대로 되돌려 보냈다.

직후 홍철릭의 장수는 책상에 앉아 자신의 일기장을 펼쳐들었다.

먹을 갈았고 붓에 먹물을 묻혀 일기를 써 내렸다.

9월 25일 정미 맑다.

진대강이 도로 와서 제독 유정의 편지를 전했다. 이날 육군은 비록 공격을 하려고 하나 기구가 완전치 못하였다.

김정현이 와서 봤다.

일기는 간결하고 정확했다. 그리고 진중에 있었던 큰일들이 쓰여 있었다.

젊었을 때부터 꼬박 써온 진중 일기였다. 홍철릭을 입은 장수는 일기를 쓰고 난 뒤 의자를 뒤로 밀어냈다.

드륵~

자리에서 일어선 그는 늘 자기 직전에 해왔었던 것처럼, 휘하 병졸들과 함께 해변으로 향하려 하였다.

군관, 병졸들과 함께 달빛 서린 숲길을 지나고 있었다.

그때 발걸음에 뒤섞인 미묘한 소리를 들었다.

사박사박…….

저벅저벅…….

가던 발길을 멈춰 주위를 둘러보기 시작하였다.

"……."

"뭔가 문제라도……."

곁에 있던 군관이 물었다. 직후 홍철릭의 장수가 나지막이 입을 열었다.

"아무래도 고니시가 발악을 하는 것 같네……."

"……?!"

곧바로 병졸들로부터 활과 화살을 빌렸다.

"활과 화살을 주게……."

"여기 있습니다. 장군."

슥, 꾸욱~!

핑!!

시위에 화살을 올린 뒤 줄을 잡아당겼다가 빠르게 놓았다.

화살은 숲 쪽으로 빠르게 날아갔고 검은 목표물 속으로 잔인하게 파고들었다.

쉬익~! 푹!

"큭!!"

숲 속에서 신음 소리가 울려 퍼졌다. 길을 지나던 이들 모두가 검을 빼듦과 동시에 창을 앞세웠다.

스릉~!

"웬 놈들이냐?!!"

군관의 외침 직후 독이 묻은 검은 표창이 날아들었다.

휙~! 채챙~!!

퍽! 퍼퍽!

"윽!!"

표창을 검으로 막아낸 이들도 있었고 막지 못한 이들도 있었다. 표창을 막아낸 홍철릭의 장수는 병졸에게서 다시 화살을 빌렸다. 그리고 숲 쪽으로 다시 화살을 쏘아 날렸다.

쉬익~! 퍽!

"으윽!!"

또 한 명이 쓰러졌다. 숲 속에서 수풀 스치는 소리가 울려 퍼졌다.

샤샤샤샥~!!

도주하는 자객들을 그냥 보낼 생각은 없었다. 군관이 검을 치켜 올리며 병졸들에게 추격 명령을 내렸다.

"자객들을 잡아라!!! 절대 살려 보내지 마라!!!"

고금도 통제영에서 횃불이 솟아올랐다.

자박자박.

어두운 밤길, 아녀자 다섯이 산길을 걷고 있었다. 그들은 왜군의 보복을 피해 고향과 집을 버린 이들이었다.

고금도에 가기 위해 뱃길에 올랐었고 이제 곧 고금도 통제영을 눈앞에 두고 있는 상태였다. 그때 한 아녀자가 자태 고운 아씨에게 말을 붙였다.

"아씨. 이 길을 따라 걸으면 되는 것이옵니까?"

"할아버님의 서신대로라면 이 길이 맞을 터이니 틀림없을 것이니라."

"아씨만 믿겠사와요~"

충청도 아산에서 왜군의 보복이 있었다. 그리고 그 일로 통제영 수장의 아들이 습격을 받아 전사하였었다.

아들을 잃었던 슬픔을 타인이 겪지 않게 하려 하였다. 통제영의 수장은 휘하 장수들에게 가족들을 불러들이라 지시를 내렸었다.

아녀자들 사이엔 통제영에 소속된 한 장수의 손녀가 있었다.

그녀의 이름은 황설영(黃偰永)이었고 그녀는 종들을 이끌어 통제영으로 향하는 중이었다.

자박자박.

사뿐히 걷는 아낙들의 발걸음 소리가 울려 퍼졌다. 주위는 어두웠고 달빛만이 길을 비추고 있었다.

그때였다.

길 맞은편에서 횃불이 올라왔다. 그리고 함성 소리가 일기 시작하였다.

타타타탓~!!

"잡아라!!! 놓치지 마라!!"

검은 그림자들이 황설영과 여시종들에게 달려오고 있었다. 황설영과 여종들은 무슨 일이 일어난 지도 모른 채 그저 황당해할 뿐이었다.

"아, 아씨, 무슨 일일까요?!!"

"나, 나도 모르겠구나!"

"피, 피해야 할 듯싶어요! 아씨!!"

치마를 입은 아녀자들의 움직임은 느렸다. 숲 길가 옆으로 피하려던 그녀들에게 검은 그림자들이 날아들었다.

"어, 어맛!!!"

"動くな!!!!"

목 앞에 검날이 있었다. 따라붙은 통제영의 병졸들은 인질을 붙잡은 그들의 행동에 어찌할 줄 몰라 하고 있었다.

"암살도 모자라서, 아녀자를 붙잡아 인질로 삼다니!!"

"이런 비겁한 녀석들!!!"

인질 앞에서 검격은 무뎌질 뿐이었다.

행동에 제한이 걸린 병졸들의 창검술이 암살 호위를 전문적으로 맡는 칼잡이들을 이기긴 힘든 일이었다.

덕분에 몇 번의 칼놀림이 있은 뒤 소수의 추격병들은 모두 쓰러질 일이었다.

챙! 채챙!!

"큭!!!"

"으윽~!!!!"

촤악~!!

"크악!!"

털썩!!

10여 명에 이르는 추격병들이 쓰러졌다. 직후 아녀자들을 붙잡고 있던 한 자객이 붙잡고 있던 여성의 목에 혈선을 만들었다.

스각!

"꺄아아악~!!!"

친구의 죽음을 목격한 아녀자의 비명 소리가 일었다. 숲으로 도망가려던 자객들은 그들의 도주 방향을 알릴 아녀자들을 죽이고 있었다.

그때였다.

타앙~!!

어두워진 하늘 아래에서 천둥소리가 일었다.

"큭, 으윽……."

온몸으로 고통이 밀려왔다. 혹시나 포탄에 맞아 중상을 입은 것은 아닐까 하며 눈을 뜨면서 크게 걱정하고 있었다.

"윽……."

슥~

몸을 일으켜 세웠다. 그리고 팔다리 상체를 살펴 몸에 이상이 없는지를 확인하였다.

시야 안으로 수풀과 나무 기둥의 모습이 들어오고 있었다.

눈을 뜬 김한호는 인상을 쓰며 주위를 둘러보고 있었다.

'어, 어디야? 여긴?!'

주위를 돌아보며 자신이 있는 장소에 대해 의문을 표하였다. 직후 서서 소리를 지르기 시작하였다.

"이찬우 병장님~!! 이찬우 병장니임~!!!!!!!"

…….

침묵, 그 이상도 그 이하도 아니었다.

김한호는 K-2 소총과 함께 여유분 탄창들을 챙겨들고 다시 한 번 주위를 돌아보기 시작하였다.

'도, 도대체 어디지?!!!'

의식을 잃기 전만 하여도 백령도 방벽 호에 있었던 그였다. 때문에 그는 당혹을 넘어서 황당함마저 느끼고 있었다.

그러면서도 혹시나 하는 생각을 가져 자신이 북한 땅에 있는 것은 아닌지 착각하였다.

'설마, 포로가 된 건가?!'

하지만 벌어진 상황에 맞지가 않았다. 자신은 숲에 홀로이 드러누워 있었고 옆을 감시하는 적군 하나 없는 상황이었다.

뭔가 자신이 알 수 없는 큰 문제가 터졌다 여겼다. 일단은 한국군 진영이든 북한군 진영이든 사람의 인기척이 있는 곳으로 향해야 알 것이라 여겼다.

자신이 처한 상황을 알기 위해 김한호가 발길을 옮기기 시작했다.

사박사박~

야간 투시경을 착용한 채 숲길을 걸었다. 그렇게 약 20여 분간의 이동이 있은 후, 김한호는 작은 길 앞에서 사람들의 소리를 들었다.

"잡아라… 놓치지 마라……."

멀리서 들리는 소리였다. 김한호는 즉시 자세를 낮춰 자신의 몸을 숨겼다.

얼마 지나지 않아 몸을 숨긴 장소 앞에서 인질극이 펼쳐졌다. 20m 가량 떨어진 곳에서 검을 든 이들의 활극을 김한호가 감상하기 시작하였다.

챙! 채챙!

"큭!!"

"으윽!!"

털썩!!

검격을 맞고 쓰러지는 이들을 보았고 복부가 베여 내장 쏟는 이들의 모습을 확인하였다. 김한호는 눈앞에 벌어진 광경을 보고 크게 놀라워하였다.

'무슨 일이 벌어지는 거야?!! 이, 이건 대체?!!!'

꿈인지 생시인지 궁금하여 볼을 꼬집어보려 하였다. 그

때 여성의 비명 소리가 울려 퍼졌다.

스각~!

"꺄아아아악~!!!!"

"……!!!"

괴한들에게 붙잡혀 있던 한 여성이 쓰러졌다. 직후, 그들에게서 풀려난 한 여성이 가슴으로 검격을 받아들였다.

촤악~!

"꺄아아악~!!!!"

"사, 살려주시오!! 살려주시오!!!"

비명 소리와 함께 애원 소리가 울려 퍼졌다.

지켜볼 겨를이 없었다. 자신의 안전유무를 판단하고 꿈과 생을 구분하기 이전에 행동이 먼저 나와야 할 때였다.

김한호는 소총을 들고 사격 자세를 취하였다. 또 안전에 걸린 조정 간을 단발로 맞추어냈다.

대대 특급 사수로서의 위용을 보일 때였다.

어두워진 하늘 아래에서 귀를 찢는 파열음이 울려 퍼졌다.

땅!!!

"윽!! 으윽……."

털썩!

"……?!!!!"

차가운 밤하늘에 파열음이 울려 퍼졌다. 괴한 하나가 피를 쏟으며 끄러졌고 주위에 서 있던 괴한들이 이리저리 고개를 돌리기 시작하였다.

다시 총성이 울려 퍼졌다.

땅!!! 땅!!!

단발 사격은 괴한들에게 속사로 여겨질 일이었다. 겁에 질린 괴한들은 여성들을 내버려 둔 채 길을 따라 도주하기 시작하였다.

괴한들을 놓칠 김한호의 눈이 아니었다. 그는 소총의 조정 간을 연발로 맞춘 후 도주 중인 괴한들에게 연발 사격을 가하였다.

따다다다당~!! 따다다당~!!!

털썩~!

숲 전체를 덮은 파열음 끝에 남은 괴한들 모두가 쓰러졌다.

다급했던 상황이 끝나자 김한호는 수풀을 헤쳐 한복을 입은 여성들에게로 다가갔다.

사악~ 사악~!

"괘, 괜찮으십니까?!!"

"……?!!!"

기괴한 복장에 얼굴 새까만 이가 모습을 드러냈다. 괴한들에게 목숨을 잃을 뻔했었던 아녀자들은 그와 유사한 복장을 지닌 김한호를 보고 게거품을 물고 쓰러지려 하였다.

"꺄아악~! 꺄악~!!"

"사, 살려주시오!! 살려주시오~!!!!"

울음을 터트리며 비명을 질렀다. 그 와중에도 냉정을 찾은 여성이 있었으니 그녀는 김한호가 뱉은 말을 들어 그가 같은 편이라 여기고 있었다.

"조, 조선인이오……?"

"예에……?"

대뜸 조선인이냐는 물음에 김한호는 어리둥절한 표정을 지었다.

"……."

"……."

알 수 없는 침묵이 흘렀다. 두 사람 외의 아낙들은 공포에 두려워하며 바들바들 떨고 있었다.

덜덜덜덜~!

슥~

눈길을 돌렸다. 바닥에 쓰러져 있는 시신들을 김한호가 바라보고 있었다.

'이건, 대체…….'

검들이 흩어져 있는 바닥에 검은 옷을 입은 닌자들, 그리고 사극에서나 볼법한 찰갑을 입은 병졸들이 쓰러져 있었다. 김한호는 그 모습을 보며 황당해하는 표정을 지었다.

더불어 살인을 저지른 자신에게 두려움을 가졌다.

떨리는 자신의 손바닥을 내려다보고 있었다.

덜덜덜…….

"……."

그때 길 너머에서 사람들의 발소리가 울려 퍼졌다.

척척척척~!!

검과 창, 활, 찰갑과 두정갑을 착용한 이들이 달려오고 있었다.

김한호는 그들의 모습을 보며 멍한 표정을 지었다. 그들의 모습은 그 누가 뭐래도 조선 시대 장수, 병졸들의 모습이었다.

'또, 또, 뭐야?! 이건?!!'

황당함과 당황 속에서 그 어떤 움직임조차 보이지 못하고 있었다. 그사이 달려온 병졸들이 김한호를 둘러싸고 창검을 겨누었다.

"무기를 버려라! 살고 싶다면 저항하지 말라!!!"

"……!!!"

무기를 겨누고 있는 그들을 보며 김한호는 그들을 공격할지 말지를 고민하였다.

'이 사람들에게 총을 쏘고 도망쳐야 하나? 어쩌면 민간인일지도 모르는데…….'

결단코 그들이 조선군이라 여기지 않고 있었다. 왜냐하면 있을 수 없는 일이기 때문이었다.

그때 김한호의 뒤통수에서 크나큰 충격이 일었다.

퍽!

"큭!! 으윽……."

풀썩!

"꺄악!!"

총을 들고 어리벙벙해하는 사이 김한호는 병졸들의 검집을 맞아 정신을 잃어버리고 말았다

짧은 비명 소리를 질렀던 아녀자들을 상대로 병졸들이 그녀들의 신상을 훑음과 동시에 무사한지를 확인하였다.

"괘, 괜찮으시오?!"

"괘, 괜찮소. 하지만 이분은……!"

고개를 돌려 쓰러진 이를 확인하였다. 황설영은 병사들 앞에 서 있는 지휘관에게 다가갔다.

"구, 군관나리시옵니까?!"

"군관은 아니고, 통제영에 소속된 충청수사요. 헌데 뭔가 말할 것이 있나 보오?"

"예! 고할 것이 있습니다!!"

"……?"

고할 것이 있다는 황설영의 말에 충청수사가 눈썹을 움

찔거렸다.

황설영은 쓰러진 이가 행여 해라도 당할까 하여 자초지종을 설명하고자 하였다.

"이, 이분은 저의 목숨을 구한 자입니다! 그러니 병사들에게 무기를 거두게 하여 주십시오!"

"……."

그녀의 설명 직후, 충청수사는 쓰러져 있는 김한호의 얼굴, 그의 기괴한 녹의(綠衣)와 함께 바닥에 널브러진 시신들을 확인하였다.

시신들 사이엔 통제사를 암살하려 했던 이들과 함께 통제영의 병사, 아리따운 나이에 비명횡사한 아녀자들도 섞여 있었다.

주변 상황이 매우 어지러웠다. 더욱이 쓰러져 있는 김한호를 보며 그가 수상하지 않은 인물이라 여길 수 없는 상황이었다.

충청수사는 황설령에게 그를 포박할 수밖에 없음을 설명하였다.

"조선 땅에서 저런 복장을 한 이가 없소. 그러니 일단 조사해볼 수밖에!"

"수사나리! 수사나리!!!!"

조사해서 문제가 없다면 풀어주면 되는 것이고, 문제가 있다면 취조하면 그만이었다. 그렇게 생각한 충청수사는 황설영의 이야기에 귀를 닫은 채 병사들에게 김한호를 포박시키게끔 하였다.

꾹~! 꾹~!

병졸들에 의해 팔과 손목이 묶였다. 이후 병졸들의 손바닥이 누워 있는 김한호의 뺨을 때렸다.

짝! 짝!

"이봐! 일어나! 이봐!!"

"으음… 윽!"

정신을 차리자마자 표정을 일그러뜨렸다. 뒤통수로부터 극심한 고통을 받으며 김한호는 새벽녘의 별들과 자신을 기절시킨 이들의 얼굴을 보았다.

"……."

"일어나!"

"……?!!!"

병졸들에 의해 김한호의 몸이 일으켜 세워졌다. 동시에 그들 손에 서게 된 김한호는 쓰라린 뒤통수를 어루만지지도 못하고 주위로 고개를 돌렸다.

'이게 도대체 어떻게 된 거지!! 묶여 있는 것은 그렇다고 쳐! 이 사람들은 도대체 누구야?!!'

혼란이 계속 이어졌다. 김한호는 주변인들의 신상을 알고자 하였다.

"다, 당신들은 도대체 누구입니까? 북한 사람입니까?!

남한 사람입니까?!"

딱!

"큭!!!"

다시 한 번 뒤통수에서 충격이 일었다. 손바닥으로 머리를 때린 병사가 말하였다.

"조선 사람이다, 이눔아야! 그나저나 왜놈 녀석이 조선말을 다 하는구나!"

"조, 조선…? 왜놈?"

"그려! 이놈아!!!"

북한도 아니고 남한도 아니고, 조선이라는 답변에 김한호는 어이없다는 식의 표정을 지었다.

그리고 자신이 처한 상황에 대해 판단력 자체를 잃어버리고 말았다.

그런 와중에 갑옷을 입은 이에게 자신의 소총이 넘어가는 것을 목격하였다.

"내 총!!"

"……?"

다급한 맘에 튀어나온 말이었다. 그 말을 들은 충청수사가 병졸에게 K-2 소총을 넘겼다.

"아무래도 신형 조총인 듯하다. 포로의 물건들과 함께 통제영으로 잘 가져갈 수 있도록!"

"알겠습니다! 장군!"

병졸의 대답과 함께 '조총'이라는 단어에 어리둥절한 표정을 지었다. 김한호는 뭐가 어떻게 돌아가는지 몰라 넋 나간 표정만 지을 뿐이었다. 그런 그에게 황설영이 다가왔다.

"조, 조금만 참으시오. 내 필히 당신의 무고함을 알리겠소……."

"……."

그 어떤 말도 들리지 않고 있었다. 나란히 걷는 그녀의 말이 한쪽 귀로 들어왔다 한쪽 귀로 나갈 일이었다.

그저 복잡하게, 또 복잡하게 생각하고 있었다.

그렇게 발걸음을 옮기고 있었다.

자박자박.

20여 분을 걸었다. 검푸른 새벽녘이 끝에서 자주빛깔의 동이 트고 있었다.

불안한 표정을 지은 채로 김한호는 숲길을 빠져나오고 있었다.

척.

발걸음이 멈추어졌다. 그의 눈앞에 본 적 없는 장관이 펼쳐졌다.

"이, 이건……?!"

해변가에 백여 척에 가까운 목선들이 있었다. 그를 본 김한호는 그 자리에서 그만 주저앉아 버리고 말았다.

털썩!

"파, 판옥! 맙소사……!!"

숨이 멎는 듯한 느낌을 받았다. 산 아래에 보이는 수십 목선들, 그것은 조선 중기의 주력 전투함, 판옥선(板屋船)들이었다.

대한민국 정치가를 꿈꾸던 21세 청년 김한호, 그는 조선시대에 와 있었다.

간밤에 자객들의 급습이 있었다. 그리고 추격에 나선 병사들이 복식불명의 인물을 생포하였다.

이른 아침 해변, 홍철릭을 입은 장수가 충청도 수군절도사(水軍節度使) 권준(權俊)으로부터 포로 생포에 관한 보고를 받았다.

"키는 6척이 넘으며, 머리카락은 짧고, 얼굴은 흑색이라 해귀인 줄 알았는데 얼굴에 묻은 것을 닦고 보니 우리와 다를 바 없는 사람이었습니다. 말은 조선말을 쓰나 해괴망측한 녹의를 입었습니다."

"또 다른 사항은?"

"그가 가진 물건들이 있었습니다. 그중에 조총으로 추정되는 물건도 있습니다."

"조총이라?"

"예. 장군."

권준의 손짓을 따라 홍철릭을 입은 장수가 발걸음을 옮겼다. 그는 모래 바닥 위, 하얀 천에 놓인 물건들을 보며 인상을 굳혔다.

'총신도 있고, 손잡이에 방아쇠도 있다… 확실히 조총이군…….'

형태는 확연하게 다르지만, 확실하게 조총으로 여겨질 물건이었다.

홍철릭을 입은 장수는 권준에게 시범 사격을 해보았는지를 물었다.

"저 조총은 어쩌면 신무기일지도 모르네. 혹시 방포를 해보았는가?"

"이제 막 해보려던 참입니다. 장군."

"해보게."

"예!"

홍철릭을 입은 장수의 지시에 권준은 곁에 있던 군관에게 눈짓을 주었다.

중급 이하 무장의 상징인 녹철릭을 입은 군관이 나서 포로의 신형 조총을 집어 들었다.

그는 조총의 장전 방법대로 총구로 탄환을 넣어보려 애썼다.

'이거, 탄환이 커서 안 들어가잖아……?'

"……."

총을 붙잡고 낑낑거렸다. 그러다 실수로 조정간을 풀었고 방아쇠를 당겼다.

따당!!!

"에구머니나!!!"

"……!!"

군관의 전립 앞에 두 개의 구멍이 생겼다. 동시에 그를 본 이들은 크게 놀란 표정을 지었다.

권준이 죽을 뻔했었던 군관에게 물었다.

"방금, 탄환을 넣지 않았는데도 방포된 것인가?!"

"그, 그런 것 같습니다! 장군! 워~ 죽는 줄 알았네……."

머리에 구멍을 낼 뻔했던 군관은 가슴에 손을 얹으며 놀란 심장을 진정시켰다. 그에게 홍철릭 장수가 명하였다.

"보아하니 탄환을 넣지 않고 방포될 수 있는 듯하네! 지금 바로 바다 쪽을 겨눠 다시 한 번 쏴보게!"

"옛! 장군!"

홍철릭 장수의 명을 따라 군관이 조총을 바다 쪽으로 조준하였다.

검지를 움직였고 방아쇠를 끌어당겼다.

따당~!!!

"……?!!!"

조총의 반동, 그리고 파열음과 함께 바닷물 위에서 두 개의 물줄기가 일었다. 더불어 조총 옆으로 금색의 금속체가 떨어져 나갔다. 홍철릭 장수는 상기된 표정을 지으며 다시 명령을 내렸다.

"한 번 더 쏘게!!"

"옛!!"

따다당~!!!

이번엔 세 개의 물줄기가 일었다. 직후 군관은 총탄이 끊어질 때까지 방아쇠를 당겼다.

따다다다다다당~!!!

"……!!!!"

딸깍, 딸깍.

군관의 팔이 다 떨렸다. 바다 위로 여러 개의 물줄기가 솟아올랐고 그를 지켜본 이들 모두가 눈을 크게 하고서 경악을 터트렸다.

홍철릭을 입은 장수는 더 이상 발포되지 않는 조총을 보며 안색을 어둡게 만들었다.

"……."

'이, 이런 신무기일 줄은……!!'

그 어떤 말로 형언할 수 없는 무기였다. 더불어 그 어느 진영에 속하든 전황을 완벽하게 뒤집어엎을 무기였다.

서벅서벅, 척!

모래 위를 걸은 군관은 더 이상 총알이 나가지 않는 조총을 들어, 그것을 홍철릭을 입은 장수 앞에 바쳐 올렸다. 홍철릭을 입은 장수는 그를 집어 들어 그 형태를 세밀하게 살피고자 하였다.

'이, 이쪽으로 금속이 빠져 나간 것인가? 도대체 어떻게 발사되는 것인가? 이런 구조로 연발 방포가 가능하단 말인가……?'

왜군의 조총으로 조선군이 무참하게 도륙 당했었다. 이후, 조선에서 조총으로 무장된 부대가 나와 왜군을 압도하기 시작했었다.

다시 한 번 짓밟히지 않으려면 무슨 수를 쓰더라도 연발 조총을 만들어내야 하는 상황이었다. 그런 생각을 하며 신형 조총의 형태를 살폈다.

그때 신형 조총 옆면의 글자가 그의 눈에 안에 새겨졌다.

대한민국

'이, 이건…….'

그 누가 보더라도 언문이었다. 그것도 어느 장인이 제작했는지 모를 정도로 글자 자체가 정밀하게 새겨져 있었다.

"……."

수심 깊었던 홍철릭 장수의 표정에 의문의 표정이 솟아올랐다. 그는 조총을 군관에게 넘기며 그에게 지시를 내렸다.

턱.

"자넨 이것과 저기에 있는 물건들을 잘 보관할 수 있도록 하게."

"알겠습니다! 장군!"

슥~

몸을 돌려세웠다. 직후 곁에 있던 권준이 홍철릭을 입은 장수에게 질문을 하였다.

"뭔가 발견하신 거라도 있으십니까?"

권준의 물음에 발걸음을 옮기려던 홍철릭 장수가 다시 몸을 돌려세웠다. 그는 진중한 표정으로 자신의 생각을 말하였다.

"새벽에 잡혔던 그 포로, 어쩌면 적이 아닐지도 모르네……."

주위를 둘러싼 병사들이 살기 띤 눈빛으로 바라보고 있

었고 의자에 묶인 상태로 그들로부터 위압을 느끼고 있었다.

과거로 온 김한호의 눈앞에 험상궂게 생긴 군관이 서 있었다. 그는 김한호를 심문코자 하였다.

"어서, 바른대로 고하지 못 하겠는겨, 시방?! 어느 왜장을 따르는 거여?!"

"……."

"어허~! 어서 말 못하는겨?!!! 거시기 당한다니께?!"

키는 작더라도 생긴 것만큼이나 목청 큰 인물이었다.

김한호는 튀겨지는 침 앞에서 이런저런 생각을 하고 있었다.

'조총… 판옥선… 그리고 조선이라니! 이게 무슨 개떡 같은 일이야?!! 이게 도대체 무슨 일이냐구!!'

슥~

눈길이 돌려졌다. 옆에 뜨거운 열기를 뿜는 인두가 놓여 있었다.

"……."

손에 쥐여진 것도 없는 맨몸이었다. 곧 고문을 당할 것이라 생각에 온몸이 다 떨리고 있었다.

"말혀! 무슨 목적으로 온겨!"

군관의 목소리는 시간이 지날수록 높아지고 있었다. 그런 그에게 김한호가 처음으로 입을 열었다.

“제, 제가 말해도… 모, 모를 겁니다… 안 믿을 겁니다…….”

“믿고 말고는 내가 판단혀! 그러니, 어서 불랑께!”

“……!!”

고성을 내는 군관 앞에서 김한호는 더 이상 입을 다물어버리고 말았다. 자신의 처지를 설명하고 해봐야 그들이 자신을 불신할 것이라 여겼기 때문이었다.

결국, 앞에 선 녹철릭을 입은 군관이 분노를 터트리고 말았다.

“아따 시방! 조져버려야 불갔어~?!”

“…….”

“그려! 시방! 어디 한번 끝까지 가보는겨~!”

“……!!”

군관의 눈길이 인두로 돌려졌다. 군관은 주위를 둘러싼 병사들에게 고문을 하라 명하였다.

“뭣들 하는겨! 인두 들랑께!”

“구, 군관나리요… 그…….”

군관의 지시에 병사는 곤란한 표정을 지었다. 그에게 군관은 눈신호를 보냈다.

‘장군께서 고신하지 말라 하신 거 나도 알어! 근디, 명대로 해서 구색도 안 갖춰 놓으면 뭐라도 불갔어? 그니께 모양새만 갖춰서 쪼까 겁만 주자고잉~’

'그, 그라믄··· 해, 해보겠십니더·······.'

이실직고를 받아내기 위한 위협이었다. 병사는 군관의 지시를 따라 벌겋게 달아오른 뜨끈한 인두를 들어올렸다.

이글이글~

"······!!"

빨간 인두를 보며 김한호의 두 눈은 놀란 토끼눈이 되었고 험상궂게 생긴 군관은 조만간 그의 실토를 받아낼 수 있을 것이라 여겼다.

"좋은 눈빛이여~ 그렇게 겁이 나거덜랑 어서 불·······."

그때였다.

포로 심문이 이뤄지는 통제영 앞마당의 대문이 활짝 열어젖혀졌다.

쾅!!

"송 군관!!!"

한 노인의 외침이 있었다.

깜짝 놀란 군관은 그 자리에서 그만 주저앉아 버리고 말았다.

"워, 워메~!!!"

더불어 병사가 바닥에 인두를 떨어트리고 말았다.

땡그랑~!

"······!!!"

공포에 질려 있던 눈빛이 흐려졌다. 김한호는 청색 철릭을 입은 노장, 대문을 열고 들어온 노장에게로 시선을 돌렸다. 더불어 그의 곁에 서 있는 여성에게 시선을 집중시켰다.

'저, 저 여자는?!!!'

청철릭을 입은 노장 곁에 아리따운 여성이 있었다.

그녀는 청철릭을 입은 장수의 손녀 황설영이었고 그녀는 자신의 조부를 앞세워 김한호의 무고함을 이르고자 하였다.

"이게 무슨 일입니까?! 이분은 절 구하신 분입니다!!"

"구, 구하신?! 그! 그거시……."

기센 목소리를 지닌 아녀자 앞에서 당황하기 시작하였다. 그를 본 황설영은 그를 몰아세우기 시작하였다.

"저희 조부님으로부터 듣기를, 통제사 영감께서 포로에게 고신하지 말라 하셨다 들었습니다! 헌데! 이래도 되는 것입니까?!"

"……."

험상궂게 생긴 군관은 전의 기세를 모두 잃고서 어찌할 바 모르는 모습을 보였다.

그는 어떤 변명을 할까 고민하다가 그녀에게 논점과 전혀 다른 질문을 내던졌다.

"근디, 조부라고 하면……?"

조부에게서 들었다는 이야기에 군관이 물었다. 그 물음에 곁에 서 있던 노장이 직접 조부의 정체를 답해주었다.

"송 군관! 이 아이는 나의 손녀일세! 바로 나, 사도첨사 황세득의 손녀라 이 말일세!"

"……!!"

"표정이 그게 뭔가!! 알아들었으면 냉큼 풀어줘야 할 게 아닌가!!"

직접 구함을 받았다는 여성이 조부를, 그것도 자신의 상관을 데려와 윽박지르고 있는 상황이었다. 때문에 김한호에게 위협을 가했던 군관은 그 명을 따르지도, 안 따르지도 못하는 상황에 빠져들었다.

이유인 즉, 심문에 관한 명은 사도첨사(蛇島僉使) 황세득(黃世得)보다 더 높은 직책을 지닌 이가 내렸기 때문이었다.

바로, 삼도수군통제사(三道水軍統制使)였다.

쾅!!

다시 한 번 문짝 거덜 나는 소리가 울려 퍼졌다.

홍철릭을 입은 두 장수가 병졸들을 이끌어 마당에 난입하였다. 덕분에 송 군관이라는 자가 뒤로 나자빠지며 놀란 반응을 내보였다.

털썩!

"워, 워메~!! 워메에!!!!!"

온몸이 바짝 굳은 상태로 최고 상관을 맞이하였다. 군관은 즉시 일어나 허리를 굽혀 예를 갖추었다.

직후 명을 어긴 것처럼 보이는 것에 대해 변명부터 하고자 하였다.

"그, 그, 명을 어긴 것이 아니옵고 그저 위협만 주려던 거시었습…….."

"자네……."

"……!!"

군관에게 한 말이 아니었다. 바로 김한호에게 한 말이었다.

군관은 바짝 얼은 상태로 눈을 질끈 감고 있었고 홍철릭을 입은 장수는 김한호에게 이런저런 정보들을 묻고자 하였다.

"자네, 이름이 무엇인가?"

우선 이름을 물었다. 그리고 그 물음에 김한호가 대답할 수 있다 여기며 자신의 이름을 밝혔다.

"김한호…입니다."

"조선 사람인가……?"

"아, 아닙니다……."

위엄 넘치는 목소리였다. 여태 느껴보지 못한 카리스마적인 모습에 김한호는 바짝 얼은 상태로 그를 올려다보았다.

반면 장수는 김한호의 솔직한 답변에 내심 만족스런 표정을 지었다.

그리고 의자에 묶여 있는 김한호를 보며 질문들을 던졌다.

"자네가 갖고 있던 조총에 언문이 새겨져 있었다. 혹시나 해서 묻는 것이네만 그 조총을 조선 사람이 만든 것인가?"

"아, 아닙니다."

"허면 누가 만든 것인가?"

"말해도 모를 겁니다……."

"말해도 모른다?"

"예……."

슥~

질문 끝에 김한호의 시선이 다시 빨갛게 달아오른 인두로 향하였다. 불안감 탓이었다.

김한호를 구하고자 황설영이 두 사람의 대화 사이로 끼어들었다.

"외람되오나 장군님! 이분은 절 도우신 분입니다!! 절 살리기 위해 괴한들을 죽였던 분입니다!!"

곁에 있던 황세득 또한 손녀를 거들었다.

"장군! 제 손녀는 거짓말을 할 아이가 아닙니다! 부디 제 손녀의 말을 믿어주십시오!"

"……."

끄덕.

고개를 끄덕였다. 두 사람의 청을 들은 장수는 병사들에게 고문 기구들을 즉시 치우게 하였다.

"포로를 고문하지 않는 이유는, 그들에게서 마음으로부터 인정받기 위함이다. 즉, 그들에게 따뜻한 대우를 해줌으로써 그들의 이실직고 또한 쉽게 나올 일이다. 그러니 설령 위협 행위에 그칠지라도 그것은 심문에 일절 도움이 되지 않는 바, 당장 저 기구들을 치우도록 하라!"

"옛!"

직후, 홍철릭을 입은 장수가 바짝 얼어 있던 군관에게 다가갔다. 그는 군관의 어깨 위로 두 손을 올려 충고하였다.

"송 군관. 내가 한 말을 가슴 깊이 새겨라. 뭐가 최선인지를 따져보기 바란다."

"가, 감사합니다! 장군!!"

군령을 위반한 죄로 장을 맞을 수도 있었다. 하지만 군관의 생각이 어떠한 생각이었는지 알고 있는 홍철릭을 입은 장수였다.

그는 사람의 생각을 잘 파악할 줄 아는 리더였다. 그는 묶여 있는 김한호를 풀어주고자 하였다.

"풀어줘라! 그리고 식사를 대접한 후 나에게 데려오도록 하라!"

"옛!"

스륵~ 스륵~

병사들에 의해 줄이 풀리고 있었다. 그 모습을 지켜보던 권준이 홍철릭 장수에게 근심을 내비쳤다.

"장군, 정체를 모르는 자입니다. 이렇게 쉽게 풀어줘도 되겠습니까?"

부하의 걱정에 홍철릭 장수는 여유로운 미소를 보이며 자신의 안전을 자신하였다.

"조총도 없고 무기도 없네. 설마하니 내 앞에서 날 죽이기야 하겠는가? 뭣 하면 지금 이 자리에서 몸수색이라도 하면 되지 않는가?"

"그렇다면 괜한 걱정인 것 같습니다. 장군."

여유로운 미소, 부드러운 카리스마였다. 그런 그의 미소를 김한호는 계속해서 바라보고 있었다.

'저 얼굴, 본 적이 있어! 분명히!!!'

익숙한 얼굴이었고 수도 없이 보았던 얼굴이었다.

역사책을 뒤지면 꼭 한 번씩 나오는 초상화, 그 안에 담겨진 얼굴 그 자체였다.

투둑, 후두둑…….

줄에서 풀려났다. 의자에서 일어난 김한호는 손목을 매만지며 눈앞에 서 있는 장수의 정체를 알고자 하였다.

"혹시, 성… 아니, 조, 존함을 물어도 되겠습니까?"

"……?"

슥~

김한호의 물음에 홍철릭 장수가 등을 돌렸다. 그는 자신을 가리키며 김한호에게 물었다.

"혹시 나에 대해 질문한 것인가?"

"예…….."

직후 권준이 홍철릭 장수의 행동을 제지하려 하였다.

"장군!!"

슥~!

진지한 눈빛을 보내고 있었다. 홍철릭을 입은 장수는 손으로 부하들의 저지를 막으며 자신의 이름을 말하였다.

"난 이순신일세."

내부의 적

　임진년(壬辰年)에 전란이 시작 된 이래, 불과 한 달 만에 왕도(王都)가 함락되었고 조선의 임금 이연(李昖)은 적들을 피해 북으로 달아났다.

　그리고 왕을 대신해 남은 백성들은 분노를 터트리며 왕의 거처를 불태웠다.

　그 후 왕은 개경, 평양, 그리고 조선 강토의 최서북단, 의주로까지 내몰려 사면초가에 빠져 들었다. 압록강을 넘어 상국(上國)의 땅으로 피신하느냐 마느냐 하는 상황에서 영의정(領議政) 류성룡(柳成龍)의 말을 따라 조선 땅에서 생사의 갈림을 맞이하고자 하였다. 대신 대사헌(大司憲)

이덕형(李德馨)을 청원사(請援使)로 삼아 상국의 군대를 불러들이니 그들이 천군(天軍), 바로 명국(明國)의 원병들이었다.

명국군은 조선 땅에 접어드는 즉시, 자신만만한 기세로 고니시의 군대와 맞섰다. 그리고 그들은 매서운 기세와 달리 고니시군에게 무참한 패배를 맞이하였다.

이후, 지리멸렬해진 명국군은 왜군과의 싸움에 앞장서지 않으며 온갖 횡포를 부리기 시작했다. 패전을 덮기 위해 조선 백성들의 민가를 급습한 뒤 그들의 수급을 베며 전공조작을 일삼았고, 조선의 여인들을 납치, 강간을 하며 무뢰배와도 같은 모습을 내보였다.

그 와중에 조선의 장수 삼도수군통제사(三道水軍統制使) 이순신(李舜臣)이 적 수군을 상대로 백전무패의 전과를 올렸다. 평양의 고니시군은 보급 문제에 직면하였고, 그 기회를 틈타 명국군은 조선군과 함께 평양으로 수복하였다. 그 후 명국군은 조선군과 함께 고니시군, 그리고 도요토미 히데요시의 군대를 경상도에 한정시켰다.

그 모든 것이 명국의 전공이었다. 그들은 그렇게 생색을 내며, 조선 남부 영토의 할양과 도요토미 히데요시를 일본국의 왕으로 봉한다는 조건으로 강화 협상을 진행하였다.

그러나 도요토미 히데요시는 크게 분노하며 명 황제에게 입조할 것을 요구하였다. 명국은 도요토미 히데요시의 요구를 묵살할 수밖에 없었고, 결국 그 일을 구실로 도요토미 히데요시의 군대가 다시 조선을 재침하였다. 이른바 정유재란(丁酉再亂)이라 불리는 2차 전쟁이었고 이후 명국군은 다시 최전선에서 후퇴하기를 거듭하였다.

전투는 조선군에게 맡긴 채 그들에게 오로지 위세만을 제공하려 하였다. 그러다가 전황이 양호해지면 그들은 다시 생색을 내곤 하였다.

그렇게 1년이 흘렀다. 왜군은 남해 일대에 흩어져 조명연합군에 의해 봉쇄되었다.

전쟁은 거의 끝이 난 것이나 다를 바 없는 상황, 원병이었던 명국군은 어떻게 해서든지 피해 없이 전쟁을 끝내고자 하였다.

순천 왜성 근처에 명국군의 진영이 있었고 그곳 지휘 막사에서 그들만의 회의가 있었다.

제독(提督) 유정(劉挺)과 도독(都督) 진린(陳璘)이 탁자를 놓고 마주앉은 채 차를 마시고 있었다.

두 사람은 종전 직전인 전황을 두고 이런저런 이야기를 나누고 있다. 제독 유정이 도독 진린에게 자신의 충고를 전하고 있었다.

"이 전쟁은 이제 거의 끝난 전쟁이라 할 수 있소. 왜군은 패퇴했고, 풍신수길은 죽어 아마 다시 재침하긴 어려울 것이오."

"그래도 혹시 모르지 않소. 풍신수길이 죽었다곤 하나 그의 가신들이 살아 있고 후계자도 살아 있소. 만약에 적들을 살려 보내게 되면 그들이 다시 전열을 가다듬어 재침해오지 않겠소?"

"후후후… 그것은 이곳 조선에만 해당되는 이야기고, 싸움은 우리가 아닌 조선군, 그리고 조선 백성들이 될 것이오… 설령 적들이 재침을 한다 하여도 우린 조선 땅 안에 전장을 국한시키면 그만이오. 이곳의 의병들을 보시오. 왕이 도망갔는데도 자기들의 나라를 지키겠다고 용감히 싸우지 않소? 그들만 있다면 적들이 재침을 하여도 결국 명국 땅엔 이르지 못할 터, 우린 앞에서 모양새만 갖춰주고 빠질 땐 적당히 빠지면 그만일 거라 생각하오."

"적당히 향락이나 즐기면서 전공을 쌓아라?"

"그렇소. 똑바로 이해했군."

여유로운 미소가 흘러나왔다. 명 원정군의 수장 유정은 조선의 상황을 마치 남의 일처럼 여기고 있었다.

쓰읍~

향긋한 차를 마셨다. 진린에게 유정이 조선 수군의 상태를 물었다.

"조선의 함대는 어떻소? 쓸 만하오?"

"우리보다 전선의 숫자가 많고 거기에 훈련도 잘 되어 있소… 궤멸 후 일 년 가까이 만에 그렇게까지 함대를 구성

해내는 장수는 처음이외다. 다만 내 말을 잘 안 들을 뿐이지…….

"후후, 정말 대단하지 않소? 아마 우리 명국에 그와 같은 이가 있다면 내가 당장에라도 그를 천거하였을 것이오. 물론, 그가 우리 명국 사람이 아니기 때문에 골치 아픈 상황이지만……."

쓸쓸한 미소를 지었다. 동쪽의 코딱지만 한 나라에서 수백 년 만에 나올 만한 인재가 있었다. 그를 두고 유정과 진린은 천장을 보며 한탄하고 있었다.

그러면서도 그를 눈엣가시로 여기고 있었다. 특히 명국군의 희생을 원치 않는 유정은 더욱 그러하였다. 그는 왜군에게 퇴로를 열어 피해 없이 전쟁을 종결시키고자 하였다.

"조선왕에게 일러 포위망을 해제시켜야겠소. 그렇게 해서라도 이 전쟁, 반드시 종전을 해야 한다 생각하오."

"……."

유정의 뜻에 진린 또한 함께하긴 매한가지, 하지만 그는 이순신의 마음을 어느 정도 이해하고 있었다.

능욕을 당했었고, 이제는 그 복수를 해야만 하는 상황이었다. 진린은 그런 조선의 상황을 어느 정도 동감하고 있었다. 그는 오직 자신이 상급 지휘관인 만큼 이순신이 자신의 지시를 잘 듣길 바랄 뿐이었다.

그날 오후, 명군 진영에서 파발마가 출발하였다.

전란이 시작된 이래로 조선 백성들에게 집이 없는 일은 흔하디흔한 일이었다. 그리고 그것은 조선의 임금 이연에게도 똑같이 적용되는 일이었다.

한양의 정궁(正宮) 경복궁이 불타 사라졌다. 이연은 세자 이혼(李琿), 영의정 류성룡(柳成龍)과 함께 개경 행안궁(行安宮) 뒤뜰을 거닐며 자신의 신세를 한탄하고 있었다.

"과인의 신세가 처량하구나, 비록 패주를 면하였으나 아직 한양으로 돌아갈 수 없음이 너무나도 안타깝구나……."

"……."

아비의 신세한탄에 그 아들의 표정이 좋을 리 없었다. 그는 아비의 걱정을 덜고자 하였고 아비의 어두운 기억을 바꾸려 하였다.

"이제 곧 전쟁이 끝날 것이옵니다. 아바마마… 아바마마껜 백전불패의 장수 이순신이 있지 않사옵니까……."

세자 이혼의 이야기에 이연은 쓴웃음을 지었다.

"이순신이라……."

"……."

이순신이라는 말에 심기 불편한 모습을 보이고 있었다. 그리고 그 모습을 보며 세자 이혼과 류성룡이 굳은 표정을 짓고 있었다.

그러한 때에 전령이 왔다. 남쪽에서 온 보고에 의해 행안궁 뒤뜰을 거닐던 이연이 첩을 보며 크게 분노를 터트렸다.

"과인은 행안궁에 기거하며 이렇게 힘들게 지내고 있건만! 백성들이 이순신에게 통제영을 지어 바쳤다?!!"

"예. 전하."

"전장에 나가 매번 이기니, 이젠 통제영까지 지어 바치는군!! 전쟁이 끝나면 아예 이 나라 조선까지 바치겠어!"

이연의 분노에 류성룡은 낯빛 어두운 표정을 지었다. 그는 자신의 친우 이순신을 비호하려 하였다.

"전하~! 통제사가 원해서 그리된 것이 아닙니다! 그의 충심을 의심치 마시옵소서~!"

불과 1년 전, 부산포를 공격하란 왕명을 거부했단 이유로 파직되었었고 모진 고문을 당하여 반병신이 되었었던 친우였다. 류성룡은 자신의 친우가 다시 파직될까 걱정하였다.

그는 자신의 말 한 마디, 행동 하나하나에 친우의 운명과 조선의 운명이 달라질 거라 여기고 있었다.

그때, 또 다른 전령이 도착하였다.

쾅! 저벅저벅.

행안궁 뒤뜰의 문채가 부서질 정도로 열림과 더불어 거친 발걸음 소리가 일었다. 이연과 류성룡, 이혼은 소리가 난 쪽으로 고개를 돌린 뒤 놀란 표정을 지었다. 직후 이혼이 황당해하는 표정을 지으며 물었다.

"그, 그대는 유정 장군의 부총병이 아니시오……?"

"……."

그 물음에 역관을 이끌고 들어온 명국 장수가 무시를 하였다. 그는 이혼을 투명 인간 취급을 하며 이연 앞으로 다가왔다. 그리고 장수 특유의 험악한 인상을 지었다.

그 앞에서 이연은 편안한 미소를 내보였다.

"무슨 일이시오?"

용무를 물었고 직후 명국의 장수가 거만한 자세를 취하며 답하였다.

"유정 제독의 청이오. 조선 수군통제사 이순신에게 포위망을 풀어 달라는 명을 내려달라 부탁을 하였소."

"그것으로 되겠소?"

"충분하오."

"알겠소. 내 친히 왕명을 내려 그에게 포위망을 거두라 하겠소."

"감사하오."

용무의 목적을 완수한 전령은 오만한 미소를 내보이며 등을 돌렸다. 그는 당당한 걸음으로 나가 남쪽을 향해 말의 기수를 앞세웠다.

장수 하나 때문에 치욕 아닌 치욕감을 느꼈다. 이연은 행안궁 뒤뜰을 둘러보며 어이없다는 식의 실소를 흘렸다.

"아무래도 통제사는 전쟁을 좋아하는 것 같소. 그렇지 않소?"

"그, 그렇지 않사옵니다! 아바마마!"

"전하~!!"

이혼과 류성룡이 동시에 달래보려 하였다. 하지만 이연의 결심이 이미 바로 선 상황이었다.

그는 상국의 심기를 건드리지 않고자 하였다. 또한 이순신을 길들임과 동시에 그를 견제코자 하였다.

"지금 당장 병조판서 이항복을 부르라! 통제사 이순신에게 명을 내릴 것이야~!!"

왕명이 내려졌다. 그로부터 사흘이었다.

욱씬!

"크윽!!"

생살을 찢는 고통이 밀려왔다. 1년여 전에 고문을 당했

건만 아직 신체의 상처가 낫지 않은 상태였다.

그날도 이순신은 지휘 막사 탁자에 앉아 저린 팔과 어깨를 어루만지고 있었다. 팔뚝을 꾹꾹 누르며 온몸을 찢는 고통이 사라지기만을 기다리고 있었다.

그때 막사 안으로 녹의를 입은 청년과 녹철릭을 입은 군관이 들어섰다.

저벅…….

"……."

"대령했어라~ 장군!"

"아, 알겠네, 자네는 나가보도록 하게."

"그럼……."

이순신의 지시에 녹철릭을 입은 군관이 나갔다. 막사 내엔 오직, 녹의를 입은 청년과 이순신만이 마주볼 뿐이었다.

"앉게……."

"예, 예……."

목소리가 다 떨리고 있었다. 녹의를 입은 청년은 이순신의 지시를 따라 의자 위로 엉덩이를 밀어 넣었다.

빨간 명찰이 보이고 있었다. 청년 가슴에 새겨진 언문을 보며 청년에게 이순신이 물었다.

"김.한.호… 혹시 자네의 이름인가?"

중후한 목소리가 울려 퍼졌다. 조선 시대 기준으로 기괴한 복장을 한 김한호는 그 물음에 재깍 답을 해주었다.

"예… 마, 맞습니다…….."

긴장된 순간이었다. 더불어 그 누구도 경험치 못할 두근거림이었다.

김한호는 위대한 영웅 앞에서 숨 막힐 듯한 위엄을 느끼고 있었다.

'이순신이라니!! 충무공 이순신이라니!! 이게 말이 되는 이야기야?!! 화~놔~ 미치고 환장하겠네!'

두근거림과 더불어 과거로 오게 된 자신의 처지에 대해 반신반의하고 있었다.

'도, 도대체 어떻게 과거로 온 거지? 도대체 뭐가 원인이기에 내가……?!!'

생각을 하다 눈길이 돌려졌다. 막사 내에 검 받힘대가 있었다. 그리고 그 위에 검 하나가 올려져 있었다.

검자루 끝엔 끈 장식 하나가 달려 있었고 그 끈은 김한호의 생각을 어지럽게 만들었다.

'저 끈 때문인가?! 저 끈 때문에 죽지 않고 과거로 온 거야?!! 맙소사!!!'

죽었던 김한호의 후임, 바로 신병 이순신이 떨어트렸던 부적 끈이었다. 그것도 김한호의 주머니 속에 있는 끈이 아닌, 만들어진 지 얼마 되지 않는 새 끈이었다.

원리도 모른다. 이유도 모른다. 중요한 것은 그 끈으로 인해 자신이 과거에 와 있는 듯하였다.

결국, 김한호는 자신이 과거에 와 있다는 사실을 완벽하게 인지하였다. 다만 그로 인해 사고가 모두 꼬일 일이었다.

'어, 어쩌지? 과거로 온 것은 알겠어! 그런데 어떻게 하지……?!!'

뭘 해야 할지, 뭐부터 해야 할지 모르는 상황, 그런 김한호를 상대로 이순신은 아무것도 모른 채 질문만을 할뿐이었다.

"뭘 생각하고 있는지는 모르겠네만, 절대 자네를 해하거나 하는 것은 아니니, 마음을 편하게 가지게. 다만 내가 하는 질문에는 답을 해주었으면 좋겠군……."

"……."

인자한 미소로 물었다. 김한호는 이순신의 얼굴을 보며 일단 자신이 처한 상황에 즉응대처를 해야겠다라는 생각을 하였다.

현재의 상황, 포로 신분에서 탈출할 수 있는 답을 하고자 하였다. 그런 생각을 하는 그에게 이순신이 진중한 표정으로 물었다.

"자네가 갖고 있던 조총에 대한민국이라는 글귀가 새겨져 있었네. 거기에 자네는 우리 조선인들처럼 조선말을 사용하지. 때문에 난 자네가 적군이 아니라 오히려 조선 사람이라 생각이라 여기고 있네. 내 말이 맞는가?"

끄덕.

즉시 고개를 끄덕였다. 직후 이순신이 의문스런 표정을 지으며 말하였다.

"조선 사람이 맞다면 이 부분에 이야기가 맞지 않을 수도 있네. 자네가 가진 조총은 우리 조선에서 본 적이 없는 조총이네."

'아차!'

다급한 맘에 나온 답변이 오히려 모순을 만들어냈다. 김한호는 속으로 탄식을 터트리며 자신의 처지를 걱정하였다.

그런 그의 마음을 읽었는지 이순신은 미묘한 미소를 띠었다. 그는 김한호가 어디에서 왔는지를 물었다.

"자네의 복식은 이 나라 조선, 나아가 명국에서도 절대 볼 수 없는 복식이라 생각하네."

"……."

"하여 묻네. 자넨 어디에서 왔는가?"

다시 한 번 진중한 표정으로 물었다. 그 앞에서 김한호는 잔머리를 굴리기 시작하였다.

'뭐라고 답하지? 그, 그래! 그 방법이 있었어!!'

김한호가 어떤 청년인가, 바로 소싯적에 대체역사 소설을 좀 써보았던 청년이었다.

그는 흔한 대체역사 소설의 이런저런 설정으로 이순신을 속이고자 하였다.

"저, 저는 북쪽 신천지에서 온 옛 조선 사람으로 명국군을 따라 들어와……."

"잠깐……."

"……?"

김한호의 이야기를 이순신이 저지시켰다. 그는 김한호가 말한 이야기의 모순을 정확히 집어내었다.

"북쪽이면 여진의 땅이 아닌가? 그곳에서 명국군을 따라 들어왔다?"

"그, 그게……."

거짓말을 메우기 위해 또다시 거짓을 말해야 하는 상황, 김한호는 다른 설정을 들고 와 다시 거짓말을 하였다.

"북쪽 여진 땅 너머 북쪽에 또 다른 조선인들이 세운 나라가 있습니다, 그곳에서……."

"여진 땅 북쪽에 조선인들의 나라가 있다? 내 북방에 있을 때 여진인들에게 듣기로, 그곳은 얼음과 눈만이 존재하는 세계인 것으로 아네. 그 추운 곳에서 사람이 살 수 있다 생각하는가?"

지속되는 이순신의 불신에 김한호는 여유를 잃어 스스로 목청을 높였다.

"기, 기술 발전으로! 추운 곳에서도 살 수 있습니다! 조선에 없는 난방 기술들을 갖고 있기에! 그 추운 곳에서도 살 수가 있습니다! 믿어주십시오!"

"기술이라……?"

"예! 장군님!"

다급했던 김한호의 설명에 이순신은 잠시나마 해변에서 있었던 일을 떠올렸다.

압도적인 성능을 지닌 무기 앞에서 자신을 포함한 모든 이들이 놀랐었고 경악을 하였었다.

사실이라면 기술대국일지도 모른다, 이순신은 그렇게 생각하였다. 그러나 그러한 이론 속엔 또 다른 모순이 감춰져 있었다.

"조총의 성능을 알고 있네. 어쩌면 자네 말대로 기술대국일지도 모르지. 허나, 그 같은 군사기술을 보유한 나라가 어찌하여 여진을 남기고 명국을 남기는가? 만약에 내가 그 나라의 군왕이었다면 군병들을 이끌고 당장 남하했을 것이네. 질 좋은 땅은 남쪽에 있을 테니 말일세."

"……."

"표정을 보아하니, 정곡을 찌른 모양이군. 그러니 내게 거짓을 말하지 말고 바른 답변을 해주게. 내가 자네를 의심하지 않는 만큼 자네도 정직하게 답해주게. 자네가 가지고 있었던 무기의 정체, 무기의 제작자, 자네의 출신지, 그 모두를 말해주게. 자네에겐 그 어떤 해가 없을 것이라, 내

반드시 약조를 하겠네……."

"……."

이순신의 말에 김한호는 침묵만을 지킬 뿐이었다. 그저 인상을 찌푸리며 자신의 처지를 근심할 뿐이었다.

'어쩔 수 없나……?'

결국 그에게 사실대로 말하기로 결심하였다.

"마, 말씀드려도 믿지 않을 겁니다. 제가 솔직한 말을 한다 하여도 절대 믿지 못할 겁니다. 그게… 정상적인 반응일 테니 말입니다……."

"한 번 말해보게."

이순신이 지시하였고 김한호는 주위를 한 번 돌아본 뒤 말하였다.

"혹시 막사 밖에 병사들이 대기 중입니까?"

"비밀로 해야 하는 이야기인가?"

"예……."

"알겠네. 그렇다면 병사들을 물리도록 하지."

김한호의 요구에 이순신은 막사 문 밖을 지키는 군관을 불렀다.

"송 군관! 밖에 있는가?!"

"예! 장군!"

끼익~

목재로 이뤄진 문이 열렸다. 이순신의 부름에 김한호를

괴롭혔던 인상 험악한 군관이 들어왔다.

"부르셨어라~?"

"……."

상관에게 예를 올리는 사이 군관과 김한호의 두 눈이 마주쳤다. 김한호는 녹철릭을 입은 그를 보며 역사 속에 나왔던 그일 것이라 생각을 하였다.

'처음 봤을 땐 몰랐는데 이제 보니 이 군관이 그 사람이었구나!! 송희립! 이순신 장군의 직속 부관이다!'

과거로 온 만큼 앞으로 누굴 더 만날지 모르는 상황이었다.

김한호는 녹철릭을 입은 군관 송희립(宋希立)을 보로 내심 색다른 느낌을 받고 있었다. 그 앞에서 이순신은 송희립에게 호위병들을 물리라 지시하였다.

"비화를 위해 병사들을 30보 밖으로 물리게."

"자, 장군!"

"괜찮네. 이 청년은 비무장이니 걱정하지 말게나."

"……."

이순신의 지시에 송희립은 명을 따라야 한다 하면서도 그를 크게 걱정하였다. 그런 송희립에게 이순신이 다시 명령을 내렸다.

"병력들을 물리게. 송 군관."

"아, 알겠어라……."

저벅저벅, 끼익~

문소리가 일었다. 지시를 받고서 등을 돌렸던 송희립은 김한호를 향해 눈을 흘기며 밖으로 나섰다. 직후 김한호가 심호흡을 하였다.

"후우……."

동시에 속으로 이순신의 반응을 가늠해보았다.

'이순신 장군이라면 모른다. 그라면 보통의 조선 사람과 다른 사람이다. 날 믿진 않더라도 적어도 날 죽이진 않을 거야…….'

곧바로 이순신에게 솔직한 답변을 해주었다. 30보 밖의 병사들이 듣지 못하도록 낮은 목소리로 말하였다.

"전 미래에서 왔습니다."

"……?"

"그리고 제가 갖고 있었던 조총은 바로 미래의 무기입니다……."

"미, 미래에서 왔다……?"

이순신이 눈썹을 움찔거렸다. 김한호는 미래 조선의 이름을 알려다주었다.

"대한민국, 그것은 미래 조선의 국명입니다……."

"……."

굳은 표정을 지었다. 이순신은 즉각 보통의 반응을 내보였다.

"믿을 수가 없군… 지금 그 이야길 나에게 믿으란 말인가?"

"그래서 제가 말씀드리지 않았습니까? 믿지 않으실 거라고 말입니다. 저 같아도 안 믿을 이야기입니다……."

"자네 같아도 못 믿을 이야기라? 허면 도대체 어떻게 과거에 왔단 말인가?!"

"저라고 알겠습니까? 죽은 후임병의 부적을 쥐고 적들과 싸우다가 포탄에 맞았는데, 눈을 떠보니 이곳에 와 있는 이 상황을 제가 어떻게 설명합니까?"

"……."

조선말을 구사하는 이들 중에 조선을 구한 통제사에게 짜증을 부린 이는 아마 김안호가 처음일 것이라, 이순신에겐 이순신 나름대로 충격 받을 일이었고 김한호에겐 김한호대로 스스로 죽었다 여길 일이었다.

'씨파! 젓댔다……!'

뒤늦게 후회를 하였다. 목이 날아갈 수도 있는 자신의 행동에 깊이 책망을 하였고 스스로에게 욕설을 퍼부었다.

"……."

"……."

황당함, 그리고 두려움의 시간이 흘렀다. 그러다 막사 문이 열렸다.

끼익~

저벅저벅.

청색 철릭을 입은 장수가 섰다. 그는 이순신에게 허리를 굽히며 군례를 올렸다.

척!

직후 그는 보고할 사항들을 이순신에게 전하려 하였다.

"장군, 보고할 것이 있습니다."

"내 분명, 송 군관에게 비화가 있을 것이라 말하였거 늘⋯⋯."

"상황이 상황인지라 송 군관의 저지를 뚫고 들어왔습니다."

"⋯⋯."

말끔한 인상을 지닌 젊은 장수였다. 그를 보며 이순신이 물었다.

"무슨 보고인가?"

이순신의 물음에 젊은 장수는 굳은 표정을 취하며 답하였다.

"병판 대감께서 오셨습니다."

왕명을 받은 병조판서가 고금도 통제영에 도착하였다.

감나무에 매달린 홍시가 소년의 식욕을 자극하였다. 소

년은 종들을 시켜 홍시를 따오게 하였다.

종들은 홍시를 따서 소년에게 진상하였다. 그 와중에 소년은 담장 너머로 넘어간 가지의 홍시를 왜 따오지 않았느냐고 물었다.

종들은 담장 너머 저택의 종들이 홍시를 따지 못하게 했다고 고하였고 소년은 분노를 터트리며 즉시 명망 있는 가문의 저택으로 향하였다. 자신의 팔을 창호지 문 안으로 찔러 넣었고 안채 방 안에서 낮잠을 자던 주인, 판서(判書) 권철(權轍)을 놀라게 만들었다.

소년은 권철에게 자신의 팔이 누구의 것인지를 물었다. 그리고 판서 권철과의 논쟁 이후 그에게로부터 직접 사과를 받아냈다.

이른바 오성과 한음이라 불리는 수많은 이야기들 중 오성의 감나무 이야기가 바로 그것이었다.

이후, 권철은 소년의 당돌함에 반하여 자신의 손녀와 혼례를 치르게 하였다. 그로 인해 오성은 권철의 아들 권율(權慄)의 사위가 되었고 그는 조선의 국방부장관, 병조판서(兵曹判書)가 되었다.

왕에겐 충신이었고 삼도수군통제사에겐 상관이었다. 그는 판옥선들이 정박된 해변에서 이순신에게 왕명을 전하고 있었다.

"명국은 우리 조선의 상국인 바, 명국 장수들의 심기를 거스르지 말라는 어명이오… 그러니 제독 유정의 말대로 적들에 대한 포위망을 풀어주시오…….”

“그렇게는 못하오. 포위망을 풀 수 없소이다.”

“장군. 전쟁은 끝났소. 포위망을 풀고 전쟁을 끝낸다면 우리 조선의 백성들 또한 더 이상 피를 흘리지 않을 것이 오.”

소년 시절의 패기는 온데간데없었다. 그도 이젠 나이가 들어 불의를 용서할 수 있는 여유를 지닌 상태였다.

그런 그에게 이순신은 굳은 답변을 들려주고 있었다.

“적들이 무장해제를 하고, 또 모든 전선을 남긴 채 돌아 간다면 나 또한 포위망을 풀 것이오. 거기에 우리 조선에 게 진정한 사과를 하고 보상 또한 하겠노라 약속한다면 얼 마든지 적들을 살려 보낼 수 있는 이유가 될 수 있소! 허 나, 그 어느 것 하나도 이뤄지지 않은 채 적들을 살려 보내 준다면 우리 조선 백성들의 한은 과연 누가 풀어줄 것이며 정유년의 재침 때처럼 다시 침공해오지 않으리란 보장이 과연 어디에 있는 것이오? 설령 왕명불복의 이유로 내 신 체가 부서진다 하더라도 나는 이 나라 조선의 안위를 위해 서라도 절대 따를 수 없는 명령이외다……!”

“통제사……!”

이항복(李恒福)은 왕의 명령에 최선을 다하고자 하였다. 그러면서도 이순신의 생각과 판단, 마음을 알기에 그에 대해 너무나도 안타까워하고 있었다. 그는 왕을, 이순신은 백성들을 섬기고 있었다.

이항복은 이순신이 다시 투옥되지 않을까 하며 그에 대해 걱정하기 시작하였다.

"통제사, 통제사의 마음은 만인의 귀감이 될 거라 생각하며 역사 속에 영원히 남겨질 위대한 의지라 생각하오. 허나, 통제사가 이 나라 조선, 주상 전하의 신하인 만큼 그 도리를 다해야 하는 것이 옳다 생각하오. 그러니 왕명을 따라 포위망을 풀어야 한다 생각하오. 정녕 그렇게 할 순 없겠소이까? 그 이전에, 난 이 나라 최고의 장수를 잃을까 두렵소이다. 그리고 이 나라 장수를 잃었을 때 이 나라는 과연 누가 지킨단 말이오……!"

"……."

간곡하게 말하며 애원하였다. 자신보다 11살 어린 상관의 애원에 이순신은 즉답하지 못하고 하염없이 판옥선들만을 지켜보았다.

그러다 눈에 힘을 주어 병조판서 이항복에게 자신의 결론을 들려주었다.

"포위망 해제는 불가하오……."

"꼭, 그렇게까지……!"

"청이 있소."

"……?"

이항복의 말을 끊었다. 그리고 이순신이 간절한 부탁을 하였다.

"주상 전하께 이곳의 사정을 알려 주시오. 기필코 적들을 섬멸할 것이오!"

파도 소리가 울리고 있었다.

쏴아아~

병졸들이 호위를 하고 있었고 그사이에 이순신과 홍색 철릭을 입은 사람이 대화를 하고 있었다.

이순신과 대화를 나눴었던 김한호는 해변에서 이뤄지고 있는 그의 대화를 보며 포박된 상태로 송희립에 의해 끌려가고 있었다.

가옥으로 된 옥사로 향하고 있었고 이순신의 대화를 보는 그에게 송희립이 역정을 부리고 있었다.

"대체 뭘 보는 겨 시방?! 염탐하는 거 아니여?!"

"……."

트집을 잡아 성을 내니 김한호는 그간 드라마에서나 봐 왔던 그의 이미지를 재정립하고 있었다. 고문에 관련된 일도 그랬고 자신에게 인상을 쓰는 그가 점점 마음에 들지 않고 있었다.

'생긴 것도 꼭 불도그 같이 생겨서는…….'

속으로 그의 외모를 폄하하며 욕을 할 뿐이었다. 그렇게 포박된 채로 해변가 수풀 사이의 길을 걷고 있었다.

자박자박.

휘이잉~

몽돌로 이뤄진 자갈밭을 걸었다. 김한호는 길을 걸으며 바람의 차가움을 느꼈다.

"으으~ 추워라~"

때는 16세기 말, 지구온난화가 시작되기 전의 늦가을, 혹은 초봄의 날씨였다. 폐 속으로 찬 공기를 밀어 넣으며 포로 신분에서 탈출할 수 있는 여러 방편들을 생각해보았다.

'어떻게 탈출하지? 거짓말도 안 통했고, 지금 이렇게 묶인 상태에서 달려봐야 당장 잡힐 텐데, 어떻게 하지?'

이런저런 시나리오들을 만들어 머릿속에 그리고 있었다. 그러나 자신이 생각한 탈출 방법들은 모두가 실패로 끝날 방법들이었다.

'미래에서 왔다는 이야길 믿어주지도 않고…….'

내심 이순신 장군이 믿어줬으면 하는 생각이 들고 있었다.

입에서 한숨이 다 나오고 있었다.

"후우……."

그때 불현 듯 어떠한 생각이 스쳐 지나갔다.

'가만? 안 믿으면 믿게 만들면 되잖아?! 그러면 당연히

난 풀려나겠지!!'

미래에서 왔다는 것을 증명하면 그만이라, 김한호는 그러한 생각으로 발걸음을 멈춰 세웠다.

척.

"......?"

멈춰선 발걸음에 병사들이 움찔거렸다. 앞장서서 걷던 송희립이 인상을 찌푸리며 물었다.

"뭐 하는 겨? 안 가는 겨?!"

직후 조선 시대 말투에 맞춰서 김한호가 그에게 질문을 하였다.

"저기 구, 군관나리. 혹시 오늘이 며칠인지 알 수 있겠습니까?"

"뭐? 며칠~? 지금 시방 이 상황에서 허튼 생각을 하는 겨?!"

"아, 아니면 몇 년인지 가르쳐 줄 수 있겠습니까?! 그 정도면 괜찮지 않습니까?!"

"......"

갑자기 몇 년인지 묻는 김한호의 모습에 송희립은 어이없다는 식으로 얼굴 표정을 만들었다. 몇 년인지 가르쳐줘도 별일 없을 것이라는 생각에 그의 질문에 대해 대답해주었다.

"올해가 몇 년인지도 모르고, 멍청하기는!! 잘 들어야~!

올해가 바로 무술년이여! 무술년! 알갔어?!"

직후 김한호는 임진년과 무술년을 기준으로 몇 년인지를 찾기 시작하였다.

'무술년… 무술년… 자, 축, 인, 묘, 진, 사, 오, 미, 신, 유, 술… 진에서 술까지는 6번째, 그러면 1592년에서 6년 이니깐, 98년……!!'

조선 시대에서 해를 계산하는 방법은 1592년이나 1593년 식의 방법이 아니었다. 바로 임진(壬辰) 혹은 갑오(甲午) 등의 육십간지(六十干支)를 이용하는 계산법이었다.

1592년이 임진년이라고 한다면 무술년(戊戌年)은 1598년… 즉, 임진왜란이라 불리는 조일전쟁의 마지막이 되는 해였다.

'이런! 막바지잖아! 그렇다면 도대체 오늘은 몇 월이지……?!'

몇 년인지 파악하였고 몇 월인지 알고자 하였다.

남방 지역도 쌀쌀할 만큼의 날씨였다. 김한호는 송희립에게 넌지시 떠보기로 하였다.

"이번 여름은 시원할 것 같습니다~ 이런 봄 날씨라면 말입니다~"

"아따~ 거참 띨띨혀~ 여름이 지난지가 한참인디, 니놈은 지금이 봄인지 가을인지도 파악 못 하는 거여?!"

"가, 가을이었습니까……?"

"그라믄! 조만간 겨울이 될 것인디 워디서 여름 타령이 당가~?!"

"……."

늦가을, 혹은 초겨울이었다.

대강의 날짜를 파악한 김한호는 자신의 예언이 맞을 수 있는 사건을 찾으며 역사에 관한 자신의 지식을 뒤지기 시작하였다.

'전쟁이 끝나기까지 두 달! 아니면 한 달이 안 될 수도 있어! 도대체 뭘 예언하지? 뭘 해야 내가 증명을…….'

기억 저편에 있던 단편적인 기억을 끄집어내려 하였다. 그때 대체역사 소설을 쓰려다가 우연히 보았던 충무공의 이야기, 난중일기에 쓰여 있던 한 구절을 떠올리게 되었다.

10월 2일… 맑다. 아침… 진군했는데… 우리 수군이 먼저… 적을 많이 죽였다. 사도첨사가 적탄에 맞아 전사하고, 이청일… 제포만호 주의수… 강진현감 송상보가 적탄에 맞았으나 죽지는 않았다.

오락가락하는 구절 속에서도 사도첨사의 죽음만큼은 정확하게 기억하고 있었다.

그리고 아침에 보았던 장면들을 떠올리며 사도첨사가 누구인지를 확인하였다.

'송 군관! 이 아이는 내 손녀일세. 바로 나, 사도첨사 황

세득의 손녀라 이 말일세!'

더 생각해볼 것도 없었다. 그가 곧 죽을 이였다.

며칠이 걸릴지 모를 일이었지만 분명 한 달 이내에 죽음을 맞이할 이였다.

김한호는 예언을 하여 포로 신분에서 벗어나고자 하였다.

"군관나리!!"

"……?"

송희립을 불렀다. 직후 송희립이 등을 돌리는 즉시 그에게 황세득의 죽음을 예견하였다.

"사도첨사 나리께서 죽을 것입니다!!"

그날 저녁이었다.

아침에 마주 앉았다가 다시 저녁에 마주 앉았다. 이항복을 돌려보낸 이순신은 괴이한 복장을 한 청년으로부터 중대한 이야기를 듣고 있었다.

이순신의 명에 의해 호위 병사들이 물러났고, 김한호는 30m 밖의 이들이 듣지 못하게 차분한 목소리로 예언을 하고 있었다.

"아침에 제가 미래에서 왔다 이야기했습니다."

"그랬었지. 그리고 그 거짓 또한 난 믿을 수 없다 하였네……."

이순신의 불신은 확고했고 김한호는 그의 불신을 깨트리고자 하였다.

"그러면 이것은 어떻습니까? 제가 알기로 오늘이 무술년 늦가을을, 혹은 초겨울쯤인 걸로 알고 있습니다."

"맞네 오늘이 9월 말경일세."

"그렇다면 그다지 멀지 않은 날짜라 생각합니다. 10월 2일에 순천성 앞바다에서 전투가 있을 것이고, 아마 진린이라는 명나라 장수가 위험에 빠질 것입니다. 그리고 거기서 사도첨사가 전사할 것입니다."

"사도첨사가 죽는다?"

이순신이 눈썹을 움찔거렸다. 그는 김한호의 이야기가 어이없는 것이라 여기면서 동시에 자신의 휘하 장수에게 부정을 퍼트리는 이야기라 여겼다.

그는 크게 분노를 터트렸다.

"그분이 비록 나보다 하급 무관이긴 하나! 나 또한 막 대할 수 없는 어르신일세! 그런 분에게 죽을 것이라 하다니 도대체 그 무슨 망발인가?!"

"저도 궁지에 몰려서 어쩔 수가 없습니다… 저의 이야기를 믿지 않으시니 이런 식으로라도 예언을 해서 믿게 만들 수밖에 말입니다……."

"듣기 싫다! 자네의 출신이 어떻든 간에 내 자네를 적이라 여기지 않고 여느 포로들과 달리, 보통의 가옥에서 편히 지내게 해주려 하였거늘! 이런 식으로 거짓을 고할 수 있단 말인가!"

"……."

어느 상황에서건 냉정을 잃지 않으리라 생각했다. 하지만 부하, 더군다나 처종형에 대한 부정적인 이야기는 아무리 이순신이라고 하여도 분노하지 않을 수 없는 이야기였다.

김한호는 과거에 와 있으면서 내심 이순신의 인간적인 면모를 보고 있었다.

'하기… 친척이나 가족에 대해 욕을 했을 때마저 가만히 있으면 병신이나 다를 바 없는 일이겠지…….'

영웅이 지닌 비정상적인 사고의 반응이 아닌, 일반적인 사람이 지닌 정상적인 사고의 반응을 보고 있었다. 그런 김한호에게 이순신은 불같이 화를 내며 송희립을 불러들였다.

"송 군관!!!"

자박자박… 끼익~!

"불렀어라~?!"

문이 열리며 송희립이 들어왔다. 이순신은 그에게 김한호를 투옥시키라 명하였다.

“이 포로를 당장 옥사에 가두게!”

“알겠어라!! 장군!”

군례를 마친 뒤 송희립은 김한호의 팔뚝을 잡아당겼다.

“얼렁 일어서여! 도대체 장군께 뭐라 말씀드린 거여?!”

“……”

김한호는 가만히 서 있다 말없이 등을 돌렸다.

이후, 김한호는 자신의 예언이 맞기를, 또 고문 직전 자신을 살렸던 여성의 조부인 황세득이 죽지 않기를 바랐다.

갈등 속에서 밤을 지새웠고 포로 옥사에 묶여 추운 밤 시간들을 보냈다.

그로부터 이틀이 지났다.

자국군의 피해를 최소화하려 하였다. 그러나 그러한 유정의 노력은 왜군에 대한 완전 섬멸을 바라는 이순신으로 완벽하게 무너져 내려버렸다.

이순신은 왕명을 거부하면서까지 포위망을 풀지 않았고 제독 유정은 고니시와 대치하며 자리만을 지킬 뿐이었다.

그러한 정보 일체가 고니시의 세작들에게 파악되었다. 순천 왜성에 틀어박혀 있던 고니시는 요시라로부터 보고를 받음과 동시에 의미심장한 미소를 지었다.

그는 자신의 묘책으로 고향 땅에 돌아갈 수 있으리라 여겼다.

"아무래도 철군할 수 있다는 생각이 드네…….

"뭔가 좋은 계책이라도 있으신지요……?"

"있다마다! 내 계책대로만 된다면 이순신을 제거하고 철군할 수 있을 것이라 장담하네!"

자신만만해하였다. 고니시는 요시라에게 계책을 말한 뒤 그를 명군 제독에게 보내 협상을 치르고자 하였다.

장식 화려한 지휘 천막 안, 명국 제독 유정과 요시라가 협상을 위해 마주앉았다. 아무리 전쟁이라곤 하나 협상보다 더한 최선은 없는 법, 서로의 기가 칼처럼 변하기 전에 요시라는 여럿 상자들을 유정에게 보이며 고니시의 성의를 표하고자 하였다. 협상을 순조롭게 이루기 위함이었다.

"수급 1000두 입니다. 이것을 드림과 동시에 철군에 관한 협상을 진행코자 합니다."

"수급 1000두라… 좋다! 해보라!"

그 누구의 수급도 아닌, 조선인의 수급 1000두였다. 그러나 그러한 사항들은 두 사람에게 그다지 중요한 사항이 아니었다.

유정은 전공을 부풀릴 수 있다는 생각에 흡족한 마음으로 협상에 임하였다. 그런 그에게 요시라가 고니시의 뜻을 전하였다.

"지정된 날짜에 수륙양군 협공으로 순천을 공격해주십시오."

"수륙양군 협공으로 순천을 공격해달라……?"

"예. 그리고 공격하실 때, 겉모양새만 내주십시오. 우린 제독의 군사들과 싸우지 않을 것입니다."

오랫동안 전장에서 지냈고 오랫동안 명국 정치에 몸담고 있던 유정이었다. 그는 요시라가 말하는 바의 핵심을 정확히 파악하고 있었다.

"싸우는 척만 하다가 내다가 이순신이 상륙하면 그쪽으로 전력을 몰아 이순신을 잡아내겠다?"

비릿한 미소를 흘리며 물었고 그 물음에 요시라가 환한 미소를 내보였다.

"그렇습니다. 장군. 그리고 약조해주시면 수급 1000두를 더 드리도록 하겠습니다."

"수급 1000두를 더 주겠다?"

"예. 장군."

"후후후후……."

구원의 탈을 쓴 악마의 웃음소리가 퍼졌다. 유정은 이순신을 죽이는 계획에 가담함과 동시에 지긋지긋한 전쟁을 조기 종결시키고자 하였다. 거기에 전공 부풀리기는 덤이었다.

그렇게 협상이 끝났다. 이후 조선 수군, 명국 수군 진영에 유정의 총공격 명령이 하달되었다.

조선 수군통제사 이순신은 공격 명령을 받은 즉시 고니시군이 버티는 순천 왜성 앞바다로 함대를 이끌었다.

사천으로 통하는 노량 봉쇄에 필요한 예비 함대를 남겨 놓은 채, 명국 수군과 연합하여 순천 왜성을 점령코자 하였다.

1598년 음력 10월 2일, 순천 왜성 앞 바다에서 포성이 일기 시작하였다.

바다 내음 대신, 화약 냄새가 퍼지고 있었다.

뻥!! 뻐벙!! 뻥!!

콰쾅!! 쾅! 콰쾅!!

조명 연합 수군 100여 척은 전선(戰船)에 탑재된 포탄을 모두 소진할 기세로 날렸다. 그리고 그러한 기세에 의해 결국 해변 근처 숲속에서 버티던 고니시군이 퇴각하기 시작하였다.

"퇴각!! 퇴각하라!!"

"모두 성안으로 대피한다!! 퇴각하라!!!"

전진 배치되어 있던 고니시군이 후퇴를 하고 있었다. 이순신은 왜성의 하늘과 그들의 모습을 보며 상륙의 때를 가늠하였다.

아직 연기가 올라오지 않는 것에 대해 깊은 의문을 가지며 표정을 일그러뜨리고 있었다.

'지금쯤이면 유정이 맹공을 가하고 있을 터! 어째서 연기가 피어오르지 않는 것인가?!'

공성전에서 필수적으로 이용되는 것이 바로 화포였다. 그런데 순천 왜성 상공엔 그들 무기들로 인한 화재의 흔적이 전혀 보이지 않고 있었다.

적황에 대한 의문 탓에 상륙을 주저하였다. 그때 명국군 전선들이 조선 수군 함대를 앞서기 시작하였다.

진린이 검을 뺐고 있었다. 그는 순천을 향해 상륙 명령을 내리고 있었다.

"적들이 퇴각한다!!! 순천성 해변에 상륙하라!!!!"

승기를 유지하고자 최전방에 나서서 항진하고 있었다. 그런 그를 보며 이순신은 긴급하게 송희립을 불러 세웠다.

"송 군관!! 북을 쳐서 진 도독을 부르게!! 어서!!!"

"아, 알겠어라!!!"

직후, 이순신의 판옥선에서 북소리가 울리기 시작하였다.

둥! 둥! 둥!

퇴각 깃발이 올랐다. 북소리를 들음과 동시에 조선 수군의 퇴각 깃발을 본 진린은 콧방귀를 뀌며 진격을 유지하였다.

"승리를 앞에 두고서 뒤로 물러나다니!!! 오늘 부로 이순신은 조선 최고의 장수가 아니라 조선 최고의 겁쟁이가 될 것이다!!! 전군! 해변으로 향하라!!!!"

그때였다. 진린의 전선에서 크나큰 진동이 일었다.

쿠궁~!!!

"흡!!"

"으읏!!!"

갑작스러운 진동이었다. 그런 탓에 진린뿐만 아니라 부총병(副摠兵) 등자룡(鄧子龍)까지 크게 넘어졌다.

주저앉은 상태로 고개를 돌렸다. 진린은 멈춰선 전선의 상태를 보며 다급히 보고를 올리라 말하였다.

"어, 어떻게 된 것이냐?! 빨리 상황을 알아보라!!"

"도독!! 저, 전선이! 좌초되었습니다!!!"

"뭣이?!! 좌, 좌초?!!!"

명국군 전선 사선(沙船)의 특징은 바닥이 평평한 평저선(平底船)이 아닌, 바닥이 뾰족한 형태를 이루는 첨저선(尖底船)… 즉, 대양 항해를 위한 선박이었고 평저선인 판옥선과 달리, 수심이 얕은 곳을 항해하기엔 그다지 좋지 못한 선박이었다.

수심이 얕은 남해 연안이었다. 명 수군 전투함 사선에게 있어선 여지없이 좌초가 될 일이었다.

그 모습을 놓칠 고니시군이 아니었다. 왜성으로 숨었던 왜병들은 진린의 전선이 좌초되자마자 일제히 쏟아져 나오기 시작하였다.

"대장기가 있다! 대장선이다!! 총공격하라!!!"

"와아아아아!!!"

적어도 수천의 병력, 좌초된 전선의 명군보다 10배가 넘는 병력이었다.

진린은 적병들을 보며 충격에 빠져 들고 있었다.

"어, 어찌 이런! 이런 일이!!!"

곧 자신이 죽을 것이라는 생각이 들고 있었다. 그리고 그런 그를 먼 바다에서 이순신이 바라보고 있었다.

얼마 전, 김한호가 말했었던 예언을 이순신이 떠올리고 있었다.

'명군 도독 진린이 위기에 빠진다… 정말 그 예언이 사실이란 말인가……?!!'

무시했었던 예언이 현실에서 펼쳐지고 있었다. 그러한 사실 앞에서 이순신은 진린을 구하기 위해 함대를 움직이려 하였다.

그때였다.

사도첨사 황세득의 판옥선이 이순신의 판옥선 앞으로 나아가고 있었다.

갑판 난간 언저리에서 황세득의 목소리가 울려 퍼지고 있었다.

"통제사 영감!! 진 도독을 구하러가겠소이다!!!"

"……!!!"

그를 향해 이순신은 그저 고함만을 칠뿐이었다.

"사도첨사!! 사도첨사!!!!"

불러봐야 소용없을 정도로 멀리 항진하고 있었다.

진린뿐만 아니라 황세득도 살려야 했다. 이순신은 두 사람을 살리고자 전 함대에 엄호 포격 명령을 내렸다.

"송 군관!! 각 전선들에게 엄호 방포를 실시하라 이르게!! 진 도독과 사도첨사, 그 어느 누구도 죽지 않게 할 것이야!!!"

"알겠어라!!!!"

직후, 다시 포성이 터지기 시작하였다.

"방~포~!! 방포하라!!! 적들을 향해 쏴라! 아군을 엄호하라!!!!!"

뺑! 뻐벙!!

쾅!! 콰콰쾅!!! 콰쾅!!

모래 기둥들이 다시 솟아올랐다. 해변을 달리던 왜병들 사이에서 비명이 터지기 시작하였다.

"크아아악~!!!"

"으악~!!!"

고도로 훈련된 조선 수군의 정밀 포격이었다. 도독 진린은 이순신의 함대를 본 후 자신에게 다가오는 한 척의 판옥선을 바라보았다.

'원군인가?!!'

그러다 적들에게 시선을 돌렸다.

스릉~!

검을 뽑아들었다. 진린은 적들과 맞설 준비를 하였다.

"조금만 버텨라! 원군이 올 때까지 살아남아라!! 대명국 황상 폐하! 만세!!"

"대명국 황상 폐하!! 만세~!!!! 와아아아아~!!"

기합과 터트림과 동시에 이를 꽉 다물며 달려들었다.

가진 검을 휘둘렀고 적병들을 무참하게 도륙내기 시작하였다.

스각~! 스걱!

푹!!! 채챙!!

달려오는 왜병의 목을 베었고 그들의 갑옷을 찢어내었다. 더불어 적들의 가슴에 검 끝을 박아내며 생존을 위한 사투를 벌여 나갔다.

그사이 사도첨사 황세득의 판옥선이 해변에 멈춰 섰다.

60세 넘는 노장이 강검을 뽑아들었다.

"진 도독을 구하라!! 무슨 수를 쓰더라도 진 도독을 구해야 한다! 하선!!"

"하선!!!!!"

찰박! 찰박!!

찰갑을 입은 수병들이 물 고인 해변을 내달렸다. 그들은 황세득을 따라 적들을 베어내며 고군분투하는 명 수병들에게로 뛰어들었다.

써걱~! 푹!!

"으윽!!"

"물러서지 마라!! 진 도독을 구할 때까지 끝까지 싸운다!!!"

쾅!! 콰콰쾅!!!

혈흔이 낭자하고 있었고 모래 기둥이 치솟고 있었다.

노장 황세득은 통역병을 앞세워 진린 곁으로 다가섰다.

"도독!! 저기에 판옥선이 있소!! 그것을 타고 탈출하시오!!!"

검을 휘두름과 통역이 동시에 이뤄지고 있었다. 진린은 황세득을 향하여 큰 목소리로 물었다.

"자네는 어찌할 것인가?!!"

"난 도독의 뒤를 지킬 것이외다!!!"

노장에게 모든 것을 맡기고 빠진다. 그것은 자존감 드높은 명국 장수의 가슴에 생채기를 내는 행위였다.

진린은 즉시 거절의 뜻을 전하였다.

"대명국의 도독이 백발노장의 도움으로 홀로 살아남는다?! 난 절대 그렇게 못하네!!"

"도독! 가시오!!"

"그렇게 못하네!! 자네와 함께 싸워! 자네와 함께 나갈 것이야!!"

"도독!!!"

사태가 급박함에도 진린은 고집을 피웠다. 황세득은 어쩔 수 없다 여겨 그를 쓰러트리기로 마음먹었다.

"용서하시오! 도독!"

퍽!!!!

"큭!!"

갑옷 얇은 옆구리 쪽으로 검자루를 밀어 넣었다. 충격을 입은 진린은 숨 막힐 듯한 고통을 느끼며 주저앉아버렸다.

"으윽……!"

털썩!

직후 황세득이 등자룡에게 다급히 말하였다.

"지금 당장 도독을 이끌고 탈출하시오!! 뒤는 내가 맡겠소!!"

"아, 알겠소!!! 도독!! 갑시다!! 일단은 살아야 합니다!!!"

"부, 부총병! 으윽……!!"

쓰러진 진린을 등자룡이 부축하였다. 그는 황세득이 타고 온 판옥선까지 자신의 상관과 명국 병사들을 이끌었다.

해변에서 명국군이 이탈하였다. 황세득은 휘하 수병들과 함께 진린의 뒤를 지키고자 하였다.

그는 최후를 각오하고 마지막까지 항전하기로 마음먹

었다.

"난! 복수를 할 것이다! 너희들도 복수를 바라는가?!"

"예에!!!"

"좋다!! 죽는 순간까지 나와 함께 신명나게 싸워보자!!!"

"와아아앗~!!!"

"대조선국을 위하여!!"

"대조선국을 위하여~!!!!!"

죽음을 각오한 이들, 적들에게 자식과 가족을 잃은 이들이었다.

자신을 위한 삶보다 적들에 대한 무자비한 복수만을 생각하고 있었다. 그들은 그렇게 죽기를 각오하며 창날과 검날을 휘둘러댔다.

스각~! 챙! 스걱~!!

푹~!

"크아아아악~!!!!"

"으아아아~!!!!"

귀신, 그 어떤 말로 형언할 수 없는 모습이었다.

그들은 온몸에 검이 꽂히는 와중에도 적병들의 목숨을 끊어내고 있었다.

무릎을 꿇는 상황에서도 그들은 절대 굴복하지 않았다. 피를 토하면서도 적들에게 창검날을 꽂고 있었다.

'오너라! 우리들의 목숨이 다할 때까지 너희들을 죽일 것

이다! 우리가 죽으면 원혼이 되어 이 조선 땅 위에서 기필코 너희들의 죗값을 치르게 할 것이다!!!'

죽어서도 적들을 멸할 것이라 다짐하였다.

그들은 정신을 놓는 마지막 순간까지 적들을 베었고 마지막 순간까지 검과 창을 든 상태로 숨을 거두었다.

그렇게 사도첨사 황세득을 포함한 조선 수군 40여 명은 장렬한 최후를 맞이하였다.

그 모습을 진린이 바라보고 있었다. 그는 등자룡에게 붙들린 채로 갖은 발악을 다하고 있었다.

"뭣들 하는가!! 나 진린을 구한 영웅들이다!! 저들을 구하라!! 저들을 구하란 말이다!!"

"도, 도독!!"

"놔라! 부총병!! 나 혼자서라도 저들의 시신을 수습할 것이야!! 놔!! 놓으라고!!"

그러다 판옥선 갑판 위에 주저앉아 눈물을 흘렸다. 그는 자신을 구하고 전사한 황세득에게 무한한 고마움을 표하였다.

"크흐흑! 내 결코 이 은혜를 잊지 않겠소… 내 결코 이 은혜를 잊지 않을 것이외다!! 황 장군!!"

구슬피 우는 그의 모습에 곁을 지키던 등자룡 마저 눈물을 흘리고 있었다.

절대 그 은혜를 잊지 않을 것이라 다짐하고 또 다짐하고 있었다.

그런 진린, 진린이 타고 있던 판옥선을 이순신이 바라보고 있었다. 그는 송희립으로부터 탈출군이 합류하였음을 보고받았다.

"장군, 탈출군이 모두 합류하였어라~!"

"……."

"장군……."

"……."

휘하장수이자 처종형을 잃었다. 거기에 40명 넘는 아까운 목숨들을 잃었다.

그러한 사실 앞에서 이순신은 아무 말도 아무 생각도 할 수 없는 상황이었다. 그저 해변에 쓰러진 처종형의 시신과 쓰러진 병사들의 시신을 볼 뿐이었다.

"……."

한동안을 서서 지켜만 보고 있었다. 그러다가 송희립에게 일러 철군 명령을 내렸다.

"통제영으로 돌아간다… 퇴각 깃발을 올려라. 송 군관……."

"아, 알겠어라……."

힘없는 목소리와 함께 퇴각 깃발이 올려졌다. 동시에 북소리가 울리기 시작하였다.

둥! 둥! 둥!

그렇게 장수와 병력들을 잃고서 고금도 통제영으로 철수를 하였다.

초승달이 빛나는 밤, 이순신은 슬픈 붓놀림으로 그날 있었던 전투 상황들을 자신의 일기장에 써 내렸다.

10월 2일, 갑인, 맑다.

아침 여섯 시쯤에 진군했는데, 우리 수군이 먼저 나가 정오까지 싸워 적을 많이 죽였다. 사도첨사가 적탄에 맞아 전사하고, 이청일도 죽었다. 제포만호 주의수, 사량만호 김성옥, 해남현감 류형, 진도군수 선의문, 강진현감 송상보가 적탄에 맞았으나 죽지는 않았다.

밤에 김한호를 보고 잤다.

김한호, 10월 2일 일기의 마지막을 장식하는 단어였다.

아직 이순신이 만난 것은 아니었지만 곧 그를 만나 이야기를 나눌 예정인 상황이었다. 이순신은 김한호를 불러들여 그의 이야기를 듣고자 하였다.

김한호에 대한 이순신의 불신이 무너지고 있었다.

밤하늘 위로 초승달과 별들이 빛나고 있었다. 통제영 지

휘 막사 안에 이순신과 김한호가 마주앉아 있었고 30보 밖
으로 송희립과 직속 호위 병사들이 보초를 서고 있었다.

명군 도독 진린이 위기에 빠졌었고 사도첨사 황세득이
전사하였었다. 이순신은 김한호를 불러 그에 관련된 이야
기를 하고자 하였다.

목소리가 떨리고 있었다. 처종형을 잃은 슬픔이 아직 가
시지 않은 상황이었다.

"자네의 말대로 도독은 위기에 처했었고, 사도첨사는…
결국, 전사하였네……."

"……."

"하여 묻네. 자네가 정녕 미래에서 온 청년이라면, 이번
일이 어떻게 발생되었는지 알 터, 진 도독이 위기에 처했
던 이유, 제독 유정이 공격에 나서지 않았던 이유에 대해
말해줄 수 있겠는가……?"

"……."

낮은 목소리로, 그리고 덤덤하고도 가라앉은 목소리로
물었다. 이순신의 물음에 김한호는 역사대로 사건이 흘렀
음을 확인하였다.

'사람의 죽음으로 내가 자유를 얻게 되다니… 하지만 어
쩔 수 없는 것이겠지. 원래 사도첨사는 죽어야 할 인물이
었으니깐…….'

황세득의 죽음으로 자신이 풀려나는 것에 대해 죄책감을

가지지 않았다. 김한호는 자신이 알고 있는 역사 지식들을 이순신 앞에서 말하기 시작하였다.

"지금 순천에 주둔해 있는 고니시군… 아니, 소서행장은 장군님에 의해 퇴로가 차단된 상태입니다. 그리고 명국이 바라는 최선의 선택은 그 어떤 피해도 없이 이 전쟁을 종결짓는 것이라 생각합니다. 따라서 현재의 포위망을 깨기 위한 방법으로 명나라의 한 장수와 소서행장이 내통하였을 겁니다."

"내통이라? 그러면 누가 내통한 것인가? 설마…….""

"아시리라 생각합니다."

"유정 제독인가……."

어느 정도 짐작하고 있었던 이순신이었다. 그에게 김한호가 세부적으로 설명하기 시작하였다.

"역사… 아니, 제가 알고 있는 바에 의하면 소서행장이 유정에게 수급을 주며 순천을 공격해 달라 한 것으로 알고 있습니다."

"공격하는 흉내만 내게 하고, 내가 상륙하면 전 병력을 이끌어 날 잡기 위해서 말인가?"

"예. 그렇습니다. 그런데 거기에 장군님은 걸려들지 않았습니다. 역사 속에서도, 지금 이 자리에서도 말입니다……."

"……."

모순은 없었다. 이순신은 김한호를 신뢰하기 시작하였다.

'정말, 미래에서 왔단 말인가……!'

미래 무기라고 생각하지 않으면 그 출처와 제작방식을 가늠할 수 없는 조총이 있었다. 그리고 조선말을 쓰는 김한호라는 청년의 행색은 왜와 명국, 심지어 서쪽 나라들의 복식과도 차이를 지닌 복식이었다.

오로지 미래인이라 판단해야만 김한호에 대한 모순이 사라질 일이었다. 때문에 이순신은 그가 진정으로 미래에서 왔다 여길 수밖에 없었다.

'정녕 이 청년을 믿어야 되는 것인가?! 이 청년이 정녕 미래에서 왔고, 또 역사를 알고 있단 말인가?!!'

다시 한 번 의문을 가졌고 다시 한 번 김한호에 대한 의심을 거둬들였다.

그런 와중에 궁금증이 생겼다.

"자네에게 혹시나 하는 생각으로 묻고자 하네……."

"예. 말씀하십시오."

"이 전쟁, 정녕 조선의 승리로 끝나겠는가? 아니면, 이기더라도 정녕 적들이 재침해오지 않겠는가……?"

전쟁의 향방, 종전 이후의 향방이 궁금하였다. 그러한 이순신의 물음에 김한호는 차분한 어조로 답해주었다.

"11월 19일에… 노량 입구에서 전투가 있을 것입니다.

왜 수군 함대는 500척에 달할 것이고, 장군님께선 명나라와 연합하여 그들을 섬멸함과 동시에 전쟁에서 승리하게 될 것입니다. 그리고…….”

“그리고……?”

마지막 대답에서 김한호가 대답하길 어려워하였다. 그는 자신의 대답이 역사를 크게 바꿀 수도 있다는 생각을 하였다.

‘이걸 말해도 되나……?’

말할까 말까 하며 고민하였다. 그런 그에게 이순신이 기대감 어린 표정을 하며 물었다.

“말해보게. 전쟁에서 승리하였는데 그리고 또 뭐가 있는가?”

“…….”

표정이 굳어졌다. 김한호는 이순신에게 대답하길 주저하였다.

괴이한 복장을 한 청년은 미래에서 왔다 하였고 이순신은 김한호의 예언을 확인하여 김한호를 신뢰하게 되었다. 결국 김한호는 포로 신분에서 벗어나 자유를 찾게 되었다.

다음 날 아침, 김한호는 자신의 소총과 물건들을 찾고자 하였다. 이순신과 함께 옥사로 향하였고 포로들을 관리하는 옥사의 군관을 만났다.

통제영의 사람들 대부분이 김한호를 의심하고 있었다. 그런 분위기를 알기에 이순신이 직접 물건들을 찾아주려 하였다.

"이 청년의 물건들을 갖고 오게나. 조총과 의복, 봇짐까지 모두 가져오도록 하게."

"아, 알겠습니다. 헌데, 그렇게 해도 되겠습니까? 이놈은⋯⋯."

"이 청년은 아군일세. 그것은 내가 보장할 것이네. 그러니 괜한 의심 갖지 말고 날 믿고 짐들을 가져오도록 하게나."

"알겠습니다. 장군⋯⋯."

의심을 거두지 못한 군관은 김한호를 흘겨보며 그의 물건들을 가져왔다. K-2소총과 전투배낭, 탄약상자, 헬멧 등이 땅바닥에 내려져 김한호의 발 앞에 놓여졌다.

물품의 상태를 확인하고자 하였다. 김한호는 배낭을 열어 보았고 탄약상자들을 열어보았다. 그 와중에 상자 안의 여분 탄창이 무사함을 확인하였고 소총의 탄창이 비어 있음을 확인하였다.

"장군님."

"말하게."

"혹시 사격한 적이 있습니까?"

"사격? 그게 무슨 뜻인가?"

"아······."

조선 시대였다. 사격이라 말하면 이해하기 어려운 시대, 김한호는 금세 단어를 바꿔 다시 이순신에게 물었다.

"혹시 방포를 하셨습니까?"

직후 이순신은 김한호가 붙잡혔던 날의 기억을 더듬었다.

"자네가 잡혔던 날, 아침에 시범으로 방포를 해보았었네. 뭔가 이상한 점이라도 있는 것인가? 그 이전에 그건 어떻게 안 것인가?"

이순신이 물었고 김한호는 탄창을 분리시켜 그를 보여다 주었다.

딸깍.

"이 안에 탄환, 탄알들이 들어갑니다. 원래 스무 발 넘게 채워져 있어야 하는데 이렇게 텅텅 비어 있습니다. 그러니 누군가 탄을 빼돌렸거나 사용했다고밖에 생각할 수 없습니다."

"그렇군······."

화력은 확인하였었다. 하지만 어떤 방식으로 발사되는지 어떤 방식으로 장전되는지 모르는 상황이었다. 그 와중에 김한호가 설명을 붙이니 어느 정도 궁금증과 호기심이

해소될 일이었다.

하지만 아직 모든 궁금증이 풀린 것은 아니었다. 이순신은 시간 날 때 김한호로 하여금 미래 무기의 진면목을 확인하리라 마음먹고 있었다.

차후에 물어볼 것이라 생각하였다. 이순신은 어딘가를 향해 발걸음을 옮기려 하였다.

전투를 끝낸 그가 향해야 할 곳이 있었다.

"이제 자네 물건을 다 찾은 것인가?"

"예. 다 찾았습니다."

"그럼 난 이만 가보겠네. 내 무장들에게 일러 자네의 자유를 허하였다 일렀으니 아마 고금도 안에서 만큼은 큰 문제가 없을 것이라 생각하네. 그리고 뭔가 말할 것이 있다면 즉시 나를 부르도록 하게. 위급한 상황이 아니면 내 필히 자네의 이야기는 들어 줄 것이니 말일세."

"알겠습니다."

슥~

용무를 마친 뒤 등을 돌렸다. 이순신은 김한호의 인사를 받기도 전에 병사들과 함께 어딘가로 발길을 옮기고 있었다.

그가 발길을 옮기는 사이, 김한호는 다시 한 번 물건들을 확인하였다.

소총과 함께 배낭 등을 살폈고 배낭 안주머니에 박혀 있던 군보급용 스마트폰을 꺼냈다.

'배터리가 남아 있을까…….'

과거로 오게 된 지 여러 날, 통상적인 작전대로 스마트폰을 이용했다면 일찌감치 모든 전력이 방전되고도 남을 시간이었다.

하지만 그동안 작동된 일 자체가 없었기에 김한호는 스마트폰에 배터리가 남아 있기를 기대하였다.

전원 버튼에 손가락을 가져갔고 군용 마크가 새겨진 스마트폰의 스위치를 켜 작동시켰다.

꾹.

'작동된다!!'

화면이 반짝였다. 더불어 화면 안에 새겨진 메시지를 확인하였다.

확인하지 않은 메시지 2통

"……."

뭔가 불길한 느낌이 감돌고 있었다. 김한호는 스마트폰에 두 눈을 고정시킨 채 메시지함을 열었다.

막 호 투입이 이루어졌을 당시에 보내어진 화생방공격 등급을 알려주는 'MOPP 4단계 발령'이라는 메시지를 확인하였다. 그리고 그 아래에 있는 메시지를 김한호가 떨리는 마음으로 확인하였다.

　핵공격 피해 지역 : 고양, 철원, 의정부, 서울 강북, 성남, 양
평, 대전, 대구, 부산, 창원, 사천

"……."
침묵이 돌고 있었다. 과거로 오기 전 선임이 말을 하다
말았었던 기억이 떠올랐다.
"그래서였구나… 그래서… 하하하……."
헛웃음이 나오고 있었다.
그 자리에서 그만 주저앉아버렸다.
"흑… 흐흑… 큭……!"
울음을 터트렸다.
돌아가야 할 목적을 잃어버렸다.
김한호는 모든 것을 잃어버렸다.

어명을 거역하고 복수를 원하다

　순천 왜성을 향한 조명 연합군의 공격은 제독 유정의 배신으로 실패로써 그 끝을 맺었다.

　이순신은 아까운 장수와 병사들을 잃었고 명 수군 도독 진린은 목숨을 잃을 뻔하였었다.

　단 한 명의 배신이 불러온 크나큰 사건이었고 하마터면 전쟁의 향방 자체가 모두 틀어질 뻔하였던 대사건이었다.

　절대 좌시해서도 용납해서도 안 될 일이었다. 순천 왜성을 봉쇄하는 명군 진지에 거친 발걸음이 일었다.

　저벅저벅!!

　"도, 도독!!"

"이거 놔!!"

퍽~!

하급 장수들을 밀친 진린이 지휘 막사 천막을 열어젖혔다.

탁자 앞에 명국군 제독 유정이 앉아 있었다. 막사 안으로 들어선 진린은 탁자를 주먹으로 내리치며 화를 터트리고 있었다.

쾅!

"지금 뭐 하자는 것인가?!! 그깟 전공확대를 위해 감히 이딴 일을 벌여?!!!"

"진 도독. 일단 내 말을……."

"닥치시오! 금번에 저지른 제독의 행동은 우리 대명국 황상 폐하에 대한 모반이오!! 대명국의 안위를 걸고 싸우러 온 자가 감히 적들과 내통을 해?!"

"……."

입이 열 개라도 할 말이 없었다. 유정은 그저 인상을 찌푸린 채 진린의 침 튀김을 받아들일 뿐이었다.

그런 유정을 진린은 용서할 수가 없었다. 그는 유정을 처벌하여 만고의 죄를 알리고자 하였다.

"수군 진영으로 돌아가는 즉시! 황상 폐하께 장계를 올려 제독의 죄를 물을 것이외다!! 이 전쟁이 끝나기 전에 기필코 제독을 처벌케 할 것이오!!"

서릿발과도 같은 분노였다. 하지만 그런 진린의 엄포 앞에서 유정은 여유 만만한 미소를 지었다.

"그렇게 하시오. 허나, 나 하나 죽는다고 여기지 마시오. 내가 죽으면 진 도독도 죽을 것이니……."

"뭐, 뭣이……?!"

"나 또한 도독의 비리들을 알고 있소. 전공 부풀리기와 더불어, 우리 대명국 고관들에게 뇌물을 준 일 또한 알고 있소. 그러니 나도 죽고 도독도 죽고 이거 정말 저승 가는 길은 외롭지 않겠소이다! 하하하하핫!!"

"……."

　동귀어진(同歸於盡)을 각오한 유정이었다. 절대 혼자 죽지 않으리라 다짐하고 있었다.

　진린은 그런 그를 보며 이를 갈아낼 뿐이었다.

"이 일을 결단코 잊지 않을 것이오! 내 두 눈에 흙이 들어가기 전까지! 반드시 제독의 눈에서 피눈물이 나오게 만들 것이오!!"

"후후후… 얼마든지……."

　마음 같아선 즉시 검을 뽑아 들어 목을 치고픈 심정이었다. 하지만 그럴 수도 없음을 알기에 그저 검날과 같은 폭언으로 모든 걸 다스릴 상황이었다.

　진린은 명국군 제독 진영에 벗어나기 직전 유정에게 마지막 말을 전하였다.

"전쟁이 끝날 때까지 처신을 잘하시오! 안 그러면 내 검이 적이 아니라 유 제독에게로 먼저 향하게 될 테니!!"

"……."

직후 유정에게서 등을 돌렸다. 진린은 곁을 호위하던 등자룡과 함께 자신의 진영으로 향하려 하였다.

"도독부 진영으로 돌아간다! 말을 내오도록 하라!"

"예! 장군!"

"이딴 놈이 제독을 맡고 있으니 전쟁이 이렇게 오래 걸리지……!"

저벅저벅!!

마지막까지 유정을 비하하였다. 그런 진린의 등을 보며 유정은 입가를 씰룩거렸다.

'내 반드시 천군의 수장이 되어 너를 쳐낼 것이다!!'

명국 최고의 지휘관이 되어 언젠가 진린을 제거해내고야 말리라 다짐하였다.

그렇게 항의 방문을 하였던 이가 수군 도독부 진영으로 향하였다.

한차례의 폭풍이 있은 후 유정은 탁자를 두들기며 다음 행동을 계획하였다.

아직 전쟁은 끝나지 않았다.

'조선 왕에게 다시 포위망을 해제하라고 요구해야겠어…….'

그날 저녁, 유정의 진영에서 다시 파발마가 출발하였다.

개경의 저택, 행안궁에 두 개의 장계(狀啓)가 올라왔다. 하나는 삼도수군통제사 이순신의 승전장계(勝戰狀啓)였고 하나는 제독 유정의 패전장계(敗戰狀啓)였다.

행안궁 넓은 방 안에 조선의 대신들이 열을 맞춰 서 있었다. 대신들 앞에 세자 이혼이 불안한 마음으로 앉아 있었고 그 뒤에서 이연이 두 장계를 펼쳐보고 있었다.

그는 그간 참았던 화를 터트리며 이순신에 대해 크게 분노하고 있었다.

"포위를 풀라던 어명을 어긴 것도 모자라 이제는 과인을 기만하고 능멸까지 하려 하는가!! 장수를 잃고 병사들을 잃어 후퇴한 것이 어찌 감히 승전으로 변할 수 있단 말인가?!!"

"전하~! 통제사의 충심을 의심치 마시옵소서!! 장계 내용을 보셔서 아시옵겠지만, 명국 수군 도독 진린을 구하여 얻은 손실이옵니다!!! 도독 진린을 구하면서도 그 손해 또한 그리 막심한 것이 아니오니 이건 승전이라 할 수 있사옵니다!!!"

류성룡이 조선왕 이연 앞에서 엎드렸다. 그런 그를 보며 이연은 이순신에 대한 의심을 거두지 않고 있었다.

"제독 유정의 장계엔 이순신이 싸우기를 거부하며 뒤에서 눈치만 보았다고 기록되어 있노라! 이러한 장계의 내용이 있는데 어찌 이순신의 장계를 의심치 않을 수 있단 말인가!!"

"전하~! 그 장계는 명국군의 실책을 가리기 위한 장계이옵니다! 그러한 장계에 속으시면 아니 되온 줄로 아옵니다! 전하!!"

"과인에게 상국을 의심하란 것인가?!!!"

"전하! 신의 뜻을 곡해하지 마시옵소서~!!"

거의 울먹이다시피 하고 있었다. 그런 류성룡을 보며 서인(西人)의 수장 좌의정(左議政) 윤두수(尹斗壽)는 회심의 미소를 지었다.

'어심이 틀어졌다! 이것으로 통제사와 영상은 끝이구나!! 전쟁이 끝나면 이제 곧 우리 서인의 세상이 될 것이니!!'

동인(同人)의 수장 류성룡에 맞선 정적… 아니, 숙적이라 할 수 있는 이였다. 그는 수년 전 이순신을 모함함과 더불어 원균(元均)을 통제사로 만들어 조선을 풍전등화(風前燈火)의 위기 속으로 빠지게 만들었었던 인물이었다.

원균을 통해 칠천도 앞 바다에서 백 수십 척의 함대를 잃게 만든 장본인이었다. 그랬던 그가 이연으로부터 여전한 신뢰를 받고 있었다.

눈앞에 놓인 기회를 놓칠 리 없었다. 그는 이순신을 빌미로 동인을 제거하고 서인의 천하를 도모하려 하였다.

"전하~! 신 좌의정 윤두수, 전하께 한 말씀 올려도 되겠나이까~?"

"말하라!"

이연이 발언을 허가하였다. 직후 윤두수가 말하였다.

"전하~! 이 나라 조선을 위한 일이라곤 하나 전하의 어명을 반복적으로 어기는 일은 분명 심각하지 않을 수 없는 일이라 여겨지옵니다~! 따라서 통제사 이순신이 행여 역심을 품지나 않았는지, 그를 조사해봐야 한다고 여겨지옵니다~!"

"좌, 좌상! 그 무슨!!"

류성룡은 기막혀 하는 반응을 보였다. 그의 그런 반응을 무시한 채 이연은 윤두수의 의견만을 귀담아들으려 하였다.

"하여 어떻게 하면 좋겠는가?!"

윤두수에게 물었고 윤두수는 고개를 숙인 채 비릿한 미소를 지었다.

"이순신의 행적을 감시할 수 있는 선전관을 파견하시옵소서~! 만약에 그가 역심을 품은 것이 사실이라면! 도원수 권율로 하여금 통제사를 치는 것이 합당하다 생각하옵니다!"

윤두수의 의견은 이연의 정치적 이득과 일치되는 의견이
었다.

생각해 볼 필요도 없었다. 이연은 즉시 선전관 파견을 하
명하였다.

"신료들은 들으라! 내 좌의정 윤두수의 의견을 들은바!
그의 의견이 합당하다 여겨지노라! 따라서 통제사 이순신
에게 선전관을 파견함과 더불어 그의 행적을 감시해야 한
다 생각하노라! 더불어 명국 제독 유정의 장계에 포위망
해제 요청이 있은바 통제사 이순신에게 포위망을 해제하
라 명할 것이노라! 따라서 좌의정 윤두수는 과인에게 선전
관 관리를 선정해 보고토록 하라!"

"성은이~ 망극~하옵니다~! 전하~!!"

예를 갖춰 머리를 조아렸다. 그러한 윤두수 앞에서 류성
룡은 이연의 결심을 되돌리고자 하였다.

"전하~! 통제사 이순신의 충심을 의심치 마시옵소서~!
전하~!! 전하~!!!"

그런 류성룡에게 이연은 등을 돌릴 뿐이었다.

"이것으로 회의는 끝마치도록 하겠소!"

"전하~!! 전하~!!!"

구슬피 우는 류성룡의 외침만이 행안궁에 울려 퍼질 일
이었다.

그로부터 이틀이 지나서였다.

포로로 붙잡혀 있을 땐 살기 위해 천기누설까지 하였었다. 그러나 자유를 찾게 된 이후 앞으로 뭘 해야 할지, 어떻게 해야 할지 모르는 상황이었다.

그저 하염없이 걸으며 다시 볼 수 없는 부모님, 가족들에 대한 생각만 할 뿐이었다.

쏴아아~ 쏴아아~

"……."

조선 시대의 해변을 걷고 있었다. 절망 속에서 방향을 잃은 채 헤매고 있었다.

그런 상황에서도 생존을 향한 몸부림은 계속되고 있었다.

꼬르륵~

"으윽… 배고파……."

나라를 잃거나 가족을 잃어 식음전폐를 하여도, 배가 고프면 밥을 찾는 것이 삶의 본능이었다.

김한호는 주린 배를 움켜쥐며 허기를 달래기 위해 발걸음을 옮겼다.

해변가를 벗어나 자신이 알고 있는 이로부터 도움을 받

고자 하였다. 마침 통제영의 영내를 거니는 송희립이 있었고 김한호는 그에게 말을 붙여 허기를 달래고자 하였다.

"저기……."

"워메! 깜짝이야!!"

병졸들을 시켜 짐을 옮기던 송희립이었다. 그의 등 뒤에서 대뜸 김한호의 목소리가 울려 퍼지니 그는 놀란 심장을 붙잡고 김한호에게 화를 터트릴 일이었다.

"아따~! 갑자기 나타나서 심장마비 걸리게 할 거여?! 말을 걸면 걸겠다고 예고를 해야 할 거 아녀!"

"예고하지 않았습니까? '저기…'라고 말입니다."

"……."

탐탁지 않은 표정으로 김한호를 바라보았다. 송희립은 헛기침을 하며 그의 용무가 무엇인지를 물었다.

"크흠! 그래, 할 말이 뭐시여? 얼렁 말혀~! 지금 바쁘니께~!"

빨리 말하란 말에 김한호는 배를 쓰다듬으며 답하였다.

"혹시 주걱에 붙은 밥이라도 얻을 순 없겠습니까? 지금 제가 너무 배가고파서……."

"쯥, 거참, 왜 일케 귀찮게 하다냐~ 통제영에서 뒷산으로 가면 취사장이 있으니께, 그리로 가서 주먹밥 하나 달라고 혀."

어려운 이가 도움을 요청하니 송희립은 귀찮아하면서도

김한호의 소원을 재깍 들어다주었다. 하지만 김한호는 그 앞에서 곤란한 표정을 짓고 있었다.

"같이 가주실 순 없겠습니까?"

"아따~ 걍 가서 말하면 되는 건디 뭘 같이 가자고 하는 거여? 지금 나가 바쁘다니께!"

"제 복장을 보시면 아시지 않습니까?"

"…….."

통제영에서 며칠을 보낸 김한호였다. 하지만 그의 복장, 그의 신분, 그의 생김새를 알고 있는 이들은 극히 중의 극소수, 군관들 중에서도 송희립처럼 이순신의 측근을 맡는 이들만 알 뿐이었다. 김한호에 대해 대우를 잘해주라는 명이 있다 하더라도 그를 모르는 군관들에겐 오식 세삭으로 인식되어 다시 그가 포박할 수도 있는 일이었다.

김한호는 그런 번거로움을 만들지 않으려 하였다. 덕분에 송희립이 귀찮게 될 일이었다.

"꼭 나랑 가야 하겠어?!"

"예… 그렇지 않으면 전 장군님께 얘기할 수밖에 없습니다."

"화~ 정말 미치겠네~"

가느냐 마느냐 하는 실랑이 속에서 병사 한 명이 송희립에게 어떠한 방법을 알려다 주었다.

"군관나리, 그러면 차라리 같이 가는 것이 어떻겠습니

까? 그곳에 가면 남는 주먹밥이 분명 있는 것으로 압니
다."

"……."

병졸의 이야기에 송희립이 잠시 고심을 하였다. 이후 발
걸음을 옮기며 자신을 김한호를 따르게 만들었다.

"따라 오도록 혀. 내가 밥을 먹여줄 테니께."

"……?"

어디로 향하는 것일까, 병졸과의 대화를 본다면 분명 취
사장으로 향하는 것은 아니었다.

밥을 먹여준다는 이야기에 김한호는 송희립의 발자국을
따라 걸었다. 자신을 괴이하게 바라보는 시선을 지나 고금
도의 어떠한 절 마당 안으로 걸어 들어갔다.

하얀 상복들이 눈에 띄고 있었다. 더불어 통곡 소리가 요
란하게 울리고 있었다.

"어이구~ 어이구~! 어이구~ 어이구~!!"

"순철 아범!! 어찌 이리 가시오!! 어떻게 날 버리고 이리
떠난단 말이오!!!"

관들이 놓여 있었고 그를 김한호가 바라보고 있었다.

뱃속을 헤집던 허기감이 사라지고 있었다. 김한호는 삼
베옷을 입은 한 여성을 바라보고 있었다.

"흑… 흑… 할아버님… 할아버님……!"

"……."

고문을 당하기 직전, 자신을 구했던 여성이었다. 그런 그녀를 김한호는 말없이 지켜만 보고 있었다.

'사도첨사 황세득의 손녀구나… 그렇다면 저 관은 사도첨사의 관인가……?'

황세득의 관을 향해 시선을 고정시켰다. 그때 송희립을 따르던 병사가 와서 김한호에게 주먹밥을 건네주었다.

"절에서 만든 주먹밥이오. 이것을 먹도록 하시오."

"고, 고맙습니다……."

사라졌던 허기감이 주먹밥에 의해 다시 나타났다. 김한호는 주먹밥을 맛없게, 그리고 살기 위해 먹었다.

우물우물.

그렇게 선 채로 상을 치르는 사람들을 보며 먹었다. 그때 사람들 사이에서 웅성거림이 퍼져 나갔다.

"여, 영감님!!"

"장군님! 장군님!!!!"

이순신이 나타났다. 그는 홍철릭을 입은 장수들과 함께 구슬피 우는 사람들의 손을 잡으며 시신 없는 관 앞으로 다가섰다.

장식도 없고 제물도 없는 제사상에 술잔을 내려다 놓았다. 직후 이순신은 자신이 데리고 온 장수들과 함께 영좌를 향해 군례를 올렸다.

슥~

둘러싼 사람들 사이에서 울음이 터지고 있었다.

"아이고~! 아이고~!!"

"만득아~!! 아이고오~ 만득아~!!!"

이후 많은 병사들이 와서 군례를 올렸다. 이순신을 따라 경계에 배치되지 않은 병사들이 들렸고 그들은 하나같이 공통 된 마음으로 황세득의 넋을 기리고자 하였다.

마지막까지 죽음을 두려워하지 않고 몸을 던졌던 것에 대해 무한한 존경심을 가지며 그를 기리고자 하였다.

그런 와중에 사도첨사 황세득에게 구원을 받았었던 명수군 도독 진린이 일부 수병들을 이끌고 절 안으로 들어왔다.

이순신이 진린에게 다가가 그를 맞이하였다.

"이곳엔 어인 일이시오? 도독."

"사도첨사는 나의 은인이오. 내 어찌 은인을 잊고서 명국의 장수라 할 수 있겠소이까?"

진린의 이야기에 이순신은 명 수군과 화합이 이뤄지리라 여겼다. 모든 것이 황세득이 일궈낸 일이라 할 수 있었다.

'사도첨사의 죽음은 절대 헛된 죽음이 아니오… 사도첨사! 보고 있소……?!'

죽어서 이뤄진 일보다 살아생전에 이뤄졌으면 하는 간절함이 있었다.

그런 생각을 지닌 채 이순신은 황세득의 관으로 향하는

진린의 뒷모습을 보았다.

슥…….

자존심 드높은 명국의 장수가 허릴 숙이고 있었다. 그렇게 죽은 자들의 넋이 기려지며 만 하루가 흘렀다.

해가 뜨기 직전, 이른 아침, 파도 소리가 해변을 가득 메우고 있었다.

쏴아아아~ 쏴아아아~!

해변에 많은 사람들이 모였다. 그들은 이승을 떠나는 이들에게 마지막을 배웅을 전하였다.

먼 바다로 쪽배가 흘러갔다. 쪽배 위엔 빈 관들이 있었다. 관들은 먼 바다로 나아가 파도 밑으로 숨으며 사자(死者)들의 영혼을 해신(海神)으로 만들었다.

"흐흑… 흑흑…….'

장례식이 끝나는 순간 전사자들의 가족들, 친구들은 다시 울음을 터트리기 시작하였다.

옷고름으로 눈물을 닦고 있었다. 황설영에게로 이순신이 다가섰다.

"설영아… 네 조부가 전사한 건 내 책임이다…….'

"아닙니다… 그것이 어찌 영감님의 책임이겠습니까… 모두가 이 나라를 침략한 왜군들 탓입니다…….'

"…….'

고개를 내저으며 오히려 이순신을 달래었다. 그런 그녀

에게 이순신은 진중한 말투로 물었다.

"널 거두어 줄 친척은 있느냐……."

"없습니다……."

"허면, 내가 널 거두어 주마. 널 양녀로 삼아 네가 지아비를 만나는 때까지, 아비가 되어주도록 하마……."

오갈 곳 없는 황설영에게 삶의 기둥이 되고자 하였다. 그런 이순신을 향해 황설영은 눈물을 거두어냈다.

"소녀의 절을 받으시옵소서… 아버님……."

"……."

1년 전, 삼남 이면을 잃었던 이순신이었다. 그리고 그로부터 1년 뒤, 처종형의 손녀 황설영을 양녀로 맞이하였다.

앞으로 이순신의 싸움은 조선을 위한 싸움이 아니었다. 바로 황설영, 그리고 가족들을 위한 싸움이었다.

자손번영, 생존본능에 맡긴 처절한 투쟁 의식이었다. 황설영을 위해서라도 기필코 적들을 섬멸하고 말리라 다짐을 하고 있었다.

그런 그의 모습을 김한호가 먼발치서 바라보고 있었다.

'설마 이것 때문이었나……?'

두 사람을 보며 이순신의 미래를 그리고 있었다.

그때 한 병졸이 뛰어왔다. 김한호의 시선 안에서 이순신은 긴급한 보고를 받고 있었다.

"자, 장군!! 선전관 나리께서 오셨습니다!!!"

이연이 보낸 선전관이 고금도 통제영에 도착하였다.

지휘 막사 탁자에 이순신과 이연이 보낸 선전관이 앉아 있었다.

통제영 장수들이 지켜보는 가운데 선전관이 이순신에게 왕명을 전하고 있었다.

"통제사. 어명이오. 지금 바로 장수들에게 포위망을 풀라 명하시오."

근엄한 표정으로 이순신은 통제하려 하였다. 그 앞에서 이순신은 굳은 의지를 그에게 내보였다.

"불가하오. 적들을 절대 살려 보낼 수 없소이다."

예상되던 답변 속에서 눈썹을 움찔거렸다. 선전관은 이순신에게 유연성을 강조하였다.

"통제사… 통제사의 결정으로 이번 전쟁이 바로 끝날 수도, 백성들의 피가 그칠 수도 있소. 그러니 대의를 위해서라도 통제사가 용단을 내려주시오."

"포위를 풀어도 전쟁은 끝나지 않을 것이며 백성들의 피도 그치지 않을 것이오. 대의를 위해서라도 결단코 적들을 분멸해야 하오!"

"통제사……."

원칙을 중시하는 사람이었다. 한 번 결정을 내리며 목에 칼이 들어와도 절대 그 뜻을 굽히지 않는 인물이었다. 선전관은 그러한 이순신을 협박하기로 마음먹었다.

"어명을 거역하면 지금 통제사와 통제사 휘하의 장수들, 그리고 통제사를 따랐던 많은 이들이 역모 죄로 극형을 받게 될 것이오! 그들에 대한 처우까지 감수하면서 꼭 싸워야 하겠소이까! 통제사!!!"

고성이 퍼졌다. 직후 이순신을 따르는 통제영의 장수들이 억울함을 내비쳤다.

"역모라니요! 이 나라 조선을 지키고 전하의 안위를 지키신 장군께 역모라니요! 그 무슨 말입니까!!!"

"그렇소!! 장군과 우린 단 한 번도 역심을 품은 적이 없소이다!! 우리의 충심을 의심치 마시오!!"

"옳소!!!!"

"우린 역모를 꾀한 적이 없소이다!!!"

가리포첨사(加里浦僉使) 이영남(李英男), 순천부사(順天府使) 우치적(禹致績)을 시작으로 막사 내에 모여 있던 장수들이 고함을 질렀다.

선전관은 그들의 모습을 보며 크게 진노하기 시작하였다.

"정녕 역모 죄로 능지처참을 당할 것인가?! 명령에 살고 명령에 죽는 군인들이 감히 지엄하신 전하의 어명을 거부하겠단 말인가?! 내 지금 당장 전하께 가서 그리 고하도록 하겠네!!"

"……."

서릿발과 같은 모습에 일순 장수들의 목소리가 침묵되었다.

그저 말없이 입을 다문 채 주먹을 쥐며 이를 갈아낼 뿐이었다.

그때 문이 열렸다. 군관 하나가 막사 안으로 뛰어 들어왔다.

"장군!! 장군!!"

"……?"

모든 이들의 시선이 돌려졌다. 사람들의 시선 속에서 군관이 이순신에게 긴급 보고를 올렸다.

"소서행장의 전령이 출발했습니다!! 장군!"

군관의 보고 직후 이순신 앞에서 젊은 장수가 허리를 굽혔다.

"장군! 추격 명령을 내려주십시오!!"

"……."

"장군!!"

패기 넘치는 이영남이 청하였고 곁에 있던 우치적이 죽을 맞추었다.

이순신은 두 사람의 요청에 눈을 한 번 껌뻑이고는 선전관을 바라보며 추격 명령을 내렸다.

"전령을 놓치지 마라!"

"……!!"

명령 직후 선전관은 당혹스런 표정을 지었다. 이영남과 우치적은 선전관의 반응을 훑고 곧바로 등을 돌렸다.

저벅저벅!

거친 발걸음으로 지휘 막사 밖으로 빠져나갔다. 두 사람은 문을 나가는 즉시 해변으로 향하여 판옥선에 승선하였다.

두 사람이 막사에서 나간 후, 선전관은 찌푸린 표정으로 탄식을 터트렸다.

"통제사! 정말 이렇게 할 것이오?! 정녕 이렇게 하여 장군과 장군을 따르는 이들을 위험에 빠트려야 하겠소이까?!"

이순신의 처지가 안타깝기는 선전관 또한 매한가지, 그런 그의 모습을 보며 이순신은 심기 굳은 표정을 지었다.

"적들이 눈앞에 있소이다! 한 치 물러섬 없이 그들을 분멸해야 이 나라의 안위가 보장될 것이오!"

설령 역모 죄에 휘말릴 수 있는 불복일지라도, 이순신은 조선을 위해 조선의 만백성을 위해 검을 거두지 않았다.

그저 선전관의 탁식만이 깊게 울려 퍼질 일이었다.

"통제사……."

"……."

이순신의 두 눈 속에서 불길이 치솟고 있었다.

선전관의 파견으로 한차례 폭풍이 흘렀다.

선전관과 실랑이를 벌였던 이순신은 김한호를 불러 앞으로의 일에 대한 얘기를 나누고자 하였다.

예전과 똑같이 30보 밖으로 호위병을 밀어낸 상태에서 김한호에게 미래를 묻고자 하였다.

"주상 전하께서 포위를 풀라 명하시는군, 이것도 역사에서 있어야 하는 일인가?"

"논란이 있는 부분이긴 하지만 실제로 있었던 것으로 알고 있습니다."

"그렇군… 그렇단 말이지……."

역사 속에서의 자신은 분명 포위망을 풀지 않고 적들을 섬멸하였다고 들었었다.

이순신은 역사대로 사건이 흐른다는 생각에 크나큰 걱정을 떨쳐내고 있었다.

그때 문 밖에서 발자국 소리가 일었다.

자박자박.

"송 군관인가?"

"아닙니다."

"목소리를 들어보니 이 수사군. 들어오게."

끼익~

문이 열렸다. 홍철릭을 입은 장수가 들어와 이순신에게 예를 표하였다.

척!

허리를 굽힌 장수를 김한호가 바라보고 있었다. 그는 홍철릭을 입은 장수가 누굴까 하며 추론하고 있었다.

'지금 이 시점에서 이 수사면 이억기는 아닐 테고, 혹시 입부 이순신인가?'

충무공 이순신(李舜臣)과 똑같은 이름을 지닌 이순신(李純信)이라는 장수가 있었다. 입부(立夫)라는 자(字)를 쓰던 그는 경상우수군 함대를 이끄는 수사(水使)로서 역사 속에서 이순신이 전사한 뒤 그의 직무를 대리하며 왜적들을 마지막까지 섬멸시켰던 장수였다.

교만과 더불어 뇌물을 탐하기도 하였지만 장수로서의 능력 자체는 최고라고 할 수 있는 장수였다. 그런 그가 이순신에게 예를 표한 직후 김한호를 보며 어리둥절한 표정을 짓고 있었다.

"……."

"……?"

6년 넘는 전쟁 기간 동안 단 한 번도 본 적 없는 기괴한 복식의 청년이었다. 그러한 청년이 이순신과 독대를 하고 있으니 입부 이순신은 황당함을 느낄 수밖에 없었다.

"장군, 이 청년은 누구입니까? 어떤 청년이기에 이렇게 장군과 독대를……."

"내가 전략과 전술을 묻는 군사와도 같은 이네."

"예에~?!"

이순신의 답변에 입부 이순신은 어이없는 표정을 지었다.

김한호의 얼굴을 보며 눈만을 껌뻑일 뿐이었다.

그때 이순신이 기막혀 하는 말투로 중얼거렸다.

"그나저나 내 분명 송 군관에게 그 누구도 접근케 하지 말라 하였거늘, 또 이런 일이 발생하는군……."

직후 입부 이순신이 송희립을 감싸주었다.

"급한 보고가 있어서 그랬습니다. 필사적으로 막는 것을 필사적으로 뚫고 들어왔습니다. 용서하여주십시오. 장군."

"됐네. 급한 보고라면 어쩔 수 없지. 일단 보고나 들어보세나."

이순신이 보고하라 명하였고 직후 입부 이순신이 김한호를 눈으로 흘겼다.

"이 청년 앞에서 해도 되겠습니까?"

그 물음에 이순신은 여유로운 미소를 보이며 답하였다.

"상관없네. 앞서 말한 바와 같이 나에게 있어서 군사와 같은 인물이네."

"……."

상관이 괘념치 마라 하니 입부 이순신은 미심쩍어하면서도 그에게 보고를 전하였다.

그에게 명국군이 추격 방해를 하였음을 알렸다.

"가리포첨사와 순천부사가 적들의 전령을 뒤쫓았으나, 명국 제독 유정의 방해로 결국 놓치고 말았습니다. 장군."

"제독 유정이……?"

"예. 유정 제독의 장수가 두 사람의 추격을 막았다합니다. 때문에 지금쯤이면 사천과 남해의 적들에게 소서행장의 연락이 닿았을 것입니다."

"그렇군……."

씁쓸한 표정을 지었다. 직후 이순신은 김한호에 대해 앞으로의 상황전개에 대해 물었다.

"적들의 전령을 놓쳤고 이제 우리의 선택은 협소해졌네. 자넨 적들이 어떻게 나올 것이라 생각하는가?"

"……."

이순신의 물음에 입부 이순신의 시선이 돌려졌다. 두 사람의 시선을 받으며 김한호는 잠시 동안 생각을 하기 시작하였다.

'나에게 역사에서 있었던 일을 말하란 건가……?'

역사 속에서 있었던 일을 말하려 하였다. 자신을 군사(軍師)라고 지칭한 이순신의 변명에 김한호는 호흡을 맞추어 주었다.

"전령이 닿는 대로 대마도주 종의지가 소서행장을 구하고자 할 것입니다. 그리고 시마즈 요시히로 도진의홍과 와키자카 야스하루 협판안치에게도 원병을 요청할 것입니다."

한 명은 칠천량에서 조선 수군을 괴멸시켰던 지장(智將)이었고 다른 한 명은 용인 전투에서 조선의 대군을 괴멸시킨 용장(勇將)이었다.

비록 협판안치(脇坂安治) 와키자카 야스하루가 이순신에게 몇 번 패한 적이 있다곤 하나 절대 만만치 않는 장수들, 만만치 않는 함대였다.

그러한 상황을 타계할 계책을 묻고자 하였다. 입부 이순신은 김한호를 시험코자 하였다.

"적들의 함대는 500척에 달한다. 그들이 우릴 공격하면 자넨 어떻게 막아야 한다 생각하나?"

의심스런 눈초리로 입부 이순신이 물었다. 김한호는 여유로운 말투로 그에게 답해주었다.

"명 수군 함대로 순천 앞바다를 봉쇄하고 조선의 수군으로 노량을 봉쇄하면 됩니다."

"장군의 군사라기에 시험을 해보았는데, 하나는 알고 둘은 모르는군… 적들의 함대가 몰려오면 그때만큼 적들을 섬멸할 수 있는 기회가 없을 터, 그것조차 모르는 상황에 감히 군사라고 할 수 있는가?"

"……."

문답이 오간 후 입부 이순신이 자신의 상관에게로 고개를 돌렸다.

"장군, 이 청년, 대체 누구입니까? 군사라곤 하나 식견이 너무 부족하지 않습니까? 그 이전에 얼마 전까지만 하여도 통제영에 보이지 않았던 청년입니다. 상투도 없이 기괴한 복장을 하고 있는데 이를 못 알아볼 리가 없습니다. 알려주십시오. 대체 누구입니까?"

"후후후……."

입부 이순신의 물음에 이순신은 피식 웃음을 지었다.

아직 김한호의 이야기가 끝나지 않았다. 그는 입부 이순신에게 따지듯이 말하였다.

"그러면 애초에 섬멸을 하기 위해서 어떻게 해야 하는지 식으로 질문하셔야 되는 거 아닙니까? 막아야 된다는 조건으로 저에게 물으셔서 거기에 맞춰서 제가 답해드리지 않았습니까, 그런데 대답하고 나서 갑자기 섬멸해야 된다고 말씀하시면, 제가 거기서 도대체 뭐라고 말해야 합니까? 질문을 한 사람이 잘못한 겁니까? 아니면 대답을 한 사람이 잘못을 한 겁니까?"

"뭐, 뭣이?"

황당한 표정으로 김한호를 보고 있었다. 그런 입부 이순신에게 이순신이 자신의 경험을 전하였다.

"생각보다 당돌한 청년일세, 나에게도 저렇게 짜증을 부렸던 적이 있으니 말일세."

"자, 장군께 짜증을 말입니까……?"

"그렇다마다."

"……."

조선말 쓰는 이들 중에선 절대 접할 수 없는, 감히 생각조차 해볼 수 없는 인물이었다.

그런 인물이 바로 김한호, 입부 이순신 앞에 있는 상투 없는 청년이었다.

그런 청년에게 이번엔 이순신이 직접 물었다.

"허면 이번엔 내가 묻겠네. 500척에 달하는 함대를 섬멸하려면 과연 어떻게 해야 하겠는가? 적들도 바보가 아닌 이상 500척의 함대 중 전방의 50척만이 싸우게 될 노량으로 오진 않을 것이네."

직후 김한호가 이순신의 물음에 답하였다.

"노량을 버리면 됩니다."

"음……."

김한호의 답변에 입부 이순신이 움찔거렸다.

입부 이순신의 반응을 보고 이순신이 미소를 지었다. 그는 김한호에게 다시 물었다.

"노량을 버린다? 그 다음은 어떻게 되는 것인가?"

이후 대체역사 소설 좀 써봤다는 김한호가 기억을 더듬으며 역사 속에 있었던 전사(戰史)를 설명하였다.

"노량을 비우는 것은 기만술입니다. 그리고 노량을 비운채 소서행장의 전령을 통과 시키는 것도 기만술입니다. 순천 앞바다에 경상우수군 함대와 쪽배들을 띄워 야밤에 횃불을 들게 하여 연합 수군 전체가 온 것처럼 착각하게 만들고 권율 장군께 연락을 하여 주력 병력들을 순천으로 향하게끔 해야 합니다. 그러면 순천의 소서행장이 난리가 나서 산까지 태워서라도 구원을 요청할 것입니다."

"허면 사천과 남해의 적들이 확실하게 노량으로 향하겠군. 우리의 뒤를 치기 위해서 말일세."

"예. 소서행장을 구하기 위해 조명 연합 수군의 뒤를 치려 할 것입니다. 하지만 괜찮습니다. 그들이 노량을 통과할 때쯤 조명 연합 수군은 노량에서 그들에게 포탄을 날리고 있을 겁니다. 또한 경상우수군 함대가 기만술을 펼치다 빠지면, 소서행장은 조명연합수군이 뒤통수를 맞았다고 착각하여 탈출을 시도할 것입니다."

"이후 경상우수군 함대와 합류하여 그들을 섬멸하면 되는 것인가?"

"예. 퇴로를 막고서 결전을 치르면 된다 생각합니다."

"그렇다면 중요한 것은 전투를 행할 시각인가……?"

이순신에겐 만족스런 답변이었다. 그럴 수밖에 없는 것이 역사 속에서 그가 행하였던 전투, 노량해전에 관한 내용이었다.

곁에 서있던 입부 이순신은 김한호를 새삼 새로운 눈빛으로 바라보고 있었다.

'이 청년이, 정녕 장군의 군사란 말인가?!!'

경외에 찬 시선으로 바라보았다. 그런 그의 시선 앞에서 김한호는 내심 불편한 부담을 느끼고 있었다. 그러면서 모든 것을 잃은 자신에게 될 대로 되라는 식의 자세를 취하고 있었다.

'죽으나 사나, 내가 사라지든지 말든지 무슨 상관일까…이젠 아무것도 없는데…….'

표정이 어두웠다. 그런 그를 이순신이 바라보고 있었다.

'저번에 봤을 때와는 비교도 할 수 없을 정도로 어둡군…뭔가 일이라도 있는 것인가……?'

분명 무슨 일이 있었으리라 여기고 있었다. 그러면서도 이순신은 자신의 책무를 다하며 적들을 소탕하고자 하였다.

"이 수사."

"예. 장군."

"지금 당장, 장수들을 소집하게. 명국 장수들을 모아, 방금의 계획을 토대로 계책 회의를 진행할 것이네.”

“아, 알겠습니다. 장군.”

슥~ 저벅.

입부 이순신이 명을 받고 발걸음을 옮기려 하였다. 지휘 막사의 문을 열어 그가 밖으로 나가려던 찰나였다.

막사 안으로 송희립이 뛰어들었다.

저벅저벅!!

“장군! 장군!! 큰일 났어라!!!”

“……?”

송희립의 다급한 목소리에 3인의 이목이 단박에 집중 되었다.

김한호와 입부 이순신이 지켜보는 가운데 송희립에게 이순신이 물었다.

“큰일이라니? 대체 그게 무슨 소리인가?!”

그의 물음에 송희립은 쩔쩔매는 모습을 보이며 답하였다.

“떠나려던 선전관을 가리포첨사가 붙잡았어라!!”

“이 첨사가?!”

직후 이순신과 김한호, 입부 이순신, 송희립이 해변으로 내달렸다.

환한 보름달 아래에서 고성이 터지고 있었다.

"이게 무슨 짓들인가!!! 내 기필코 이 일을 전하께 고할 것이야!!"

"그 어떤 걸 위해서도 아니고 단지 이 나라 조선을 위해 적들을 치는 것뿐인데! 그게 그렇게 아니꼬운 일이오이까!!!"

"닥쳐라! 이놈!!!"

하얀 수염이 늘어진 선전관의 목 앞에 이영남의 서슬퍼런 검날이 다가서 있었다.

선전관의 호위병들은 통제영의 병력들에 의해 완전히 무장해제가 된 상태, 그때 몽돌 뒤섞인 해변에서 발자국 소리가 일었다.

자박자박…….

"…….."

삼도수군통제사 이순신이 병력들을 이끌고 해변에 나타났다. 그는 말없이 이영남과 선전관을 지켜보았고 선전관은 그에게 검을 거두게 해 달라 청하였다.

"통제사!! 어서 이 자의 검을 거두게 하시오!! 그리고 이 자를 포박해 이자에게 무군의 죄를 묻도록 하시오! 어서!!"

"…….."

선전관의 외침에 이순신은 이영남에게 검을 거둘 것을

명하였다.

"이 첨사. 검을 거두게."

"자, 장군!!"

"거두라 하지 않는가!!!!!!"

"······!!"

진노한 이순신의 명령이었다. 이영남은 선전관의 목 앞에 놓인 자신의 검을 치웠다.

스릉~!

"······."

잔뜩 불만스런 표정을 지으며 검집 안으로 자신의 검을 밀어 넣었다. 그런 이영남에게 선전관은 삿대질을 하기 시작하였다.

"통제사!! 이 자를 포박하시오!!! 주상 전하께 직접 검을 들이댄 자요! 어서!!"

"······."

발악 아닌 발악이었다. 그런 선전관의 모습에 이순신은 언성을 높이며 말하였다.

"우리가 싸워야 하는 이유를! 전하께선 정녕 알고 계시오이까?!!"

"뭐, 뭣이?!"

"다시 묻겠소! 이렇게 전쟁이 끝남에도 우리가 적들을 물고 늘어지는 이유를 알고 계시오이까?!!"

"무, 무슨 소릴 하는게요?! 통제사!!"

어리둥절한 반응을 내보였다. 선전관의 그런 반응을 본 후 이순신이 직접 자신의 검을 뽑아냈다.

그의 검 끝이 선전관을 겨누고 있었다.

"우린 그들에 대해, 처절한 복수를 원하오!!"

노량 해전

'우린 그들에 대해, 처절한 복수를 원하오!!'

이순신의 한 맺힌 절규가 기억에 남았다. 김한호는 한 시간 전에 있었던 일을 떠올리고 있었다.

'하긴, 그냥 살려 보내는 게 조선에 위협이 된단 말은 핑계일 뿐이지… 돌아간 놈들이 다시 쳐들어올 일은 없을 테니…….'

종전 후, 왜장들은 그들의 조국을 동서로 갈라 서로를 향하여 검을 겨눌 일이었다. 바로 도요토미 가문과 도쿠가와 가문 사이의 내전이었고 그러한 내전의 결과로 도쿠가와 가문이 승리하는 것이 바로 일본의 역사였다.

도주를 한 왜장들에게 다시 조선으로 올 여유 ~~따윈~~ 없었다. 그 사실을 정보에 귀가 밝은 이순신이 모를 리 없는 일이었다.

즉, 이순신이 고집을 피워가며 해전을 치르는 이유는 하나 밖에 없었다.

사무치는 한을 지워낼 복수, 그것이 바로 포위망을 풀지 않는 유일한 이유였다.

수많은 백성들이 왜군에게 집과 가족을 잃어야만 했었다. 거기에 삼남을 잃은 이순신 또한 그들과 같은 고통을 겪어야 했었다.

절대 왜적들을 살려서 보내지 않을 것이라, 그것은 조선에 사는 모든 이들의 바램이었다. 일부 권력자들을 제외하고서 말이다.

그렇게 역사적 사건을 떠올리며 현실에서 벌어지는 일들을 비교하고 있었다. 그러면서도 자신은 왜 그 자리에 있는지 의문을 표하고 있었다.

'왜 이곳에 있는 것일까……?'

소총을 어깨에 맨 채 지휘 막사의 풍경을 보고 있었다. 지휘 탁자 위로 지도가 놓여 있었고 주변에 조명 연합 수군의 모든 장수가 모여 있었다.

해변을 거닐며 집 생각을 하다 군사가 전술 회의에 빠져서 되겠느냐고 자신을 끌고 갔던 입부 이순신의 얼굴이 보이고 있었다. 김한호는 그를 포함하여 모든 이들에게 자신이 갖고 있던 지식들을 늘어놓아야 하는 처지에 있었다.

거짓말 하나가 크게 일으킨 파문이었다. 김한호는 그저 한숨을 내쉴 뿐이었다.

"후우……."

우선 흰색 종이에 그려진, 보기 힘든 지도부터 바꿔내고자 하였다.

슥~ 슥~

익숙지 않은 붓놀림이었다. 하지만 하얀 종이에 그려진 지도는 그 어떤 전술지도보다도 정확한 수준의 지도였다.

동서에 남해도와 여수반도가 위치했고 여수반도와 섬진강 사이에 서쪽으로 뻗는 광양만을 기입하였다. 더불어 섬진강 동쪽의 남해도와 하동 사이의 노량, 사천과 고성반도 일대, 거제도까지의 지형을 비교적 정확하게 그려 넣었다.

컴퓨터 프로그램으로 구성된 위성사진으로 제작된 3D 지구본의 정보, 미래에서 자신이 보았던 기억들을 표시하였다. 덕분에 동그라미 하나로 섬이라 표시하던 지도에 격이 다른 정밀도가 부여되었다.

회의실에 모인 장수들은 김한호가 그린 지도를 보며 감탄을 하고 있었다.

"엄청난 지도입니다! 이런 지도를 직접 그리다니……!"

"세상에……."

"어떻게 이런 지도를……!"

복장 괴이하고 머리 형색 또한 특이한 인물이었고 그간 전장에서 본 적 없는 인물이 바로 김한호였다. 때문에 그 출신을 의심함과 더불어 대뜸 그가 통제사의 군사라는 이야기에 겸연쩍은 표정으로 봤던 이들도 있었다. 하지만 이젠 오직 감탄만이 있을 뿐이었다.

김한호는 경상우수사에게 설명했던 대로 장수들에게 다시 설명하기 시작하였다.

"기만술로 인해 적들이 노량을 통과하면 그대로 매복 기습을 하여 전방의 왜선들을 격침시키면 되리라 생각합니다. 이후 퇴각하는 척을 하다 순천에서 빠진 경상우수군과 합류하여 적들의 퇴로를 끊고 명 수군과 함께 결전을 치르면 된다 생각합니다."

설명 직후 이순신이 물었다.

"적들이 노량을 통과할 시간은?"

그리고 김한호가 역사 지식을 풀었다.

"11월 19일, 인시가 되리라 생각합니다."

"이유는?"

"조류가 동에서 서로 흐를 시각입니다."

모든 작전 설명이 이루어졌다. 이순신은 통역병을 거쳐 명 수군 도독 진린에게 그의 의견을 물었다.

"문제가 없다면 본 작전대로 적들을 섬멸할 것이오. 도독께선 어떻게 생각하시오?"

직후 진린은 감탄을 터트림과 동시에 수염을 만지며 답하였다.

"빈틈없는 작전이오. 최고 장수의 곁에 이렇게 최고의 군사가 있음이니 이것이야 말로 백전불태라 생각하오!"

극찬 속에서 최종 작전 동의가 이뤄졌다. 이순신은 김한호가 설명한 대로 전투를 치르고자 하였다.

"들은 바와 같이 진 도독과 난 방금 설명되었던 계책대로 전투를 수행코자 하오. 하여 제장들 중에 이견이 있는 장수는 지금 이 자리에서 말해주도록 하시오."

"……."

"없으면 내일 출정을 하는 것으로 하고 회의를 끝내도록 하오. 제장들은 즉시 내일 출정할 수 있게 준비토록 하오."

"예! 장군!"

이순신의 명령과 함께 조선 수군 장수들이 허리를 굽히며 예를 올렸다. 이후 장수들이 빠져나가며 분주한 움직임이 일었다.

저벅저벅~

여럿 발걸음 소리가 울려 퍼지고 있었다. 그때 진린이 굳은 표정을 취하며 이순신에게로 다가왔다.

"통제사."

"……?"

진린의 부름에 이순신이 고개를 돌렸다. 그 앞에서 진린은 선전관의 상태를 묻고자 하였다.

"통제영에 선전관이 온 것을 알고 있소. 그는 어떻게 된 것이오?"

"……."

진린의 물음에 이순신은 침묵하였다. 진린은 이순신을 걱정하며 진심어린 충고를 전하고자 하였다.

"어차피 유정 대신 내가 전공을 쓸면 되니, 싸우는 것도, 싸우지 않는 것도 조선 수군의 뜻을 따를 것이오. 허나 왕명을 거역하면 분명 그 화가 통제사에게 미칠 것이라 생각하오."

그에 이순신은 나지막이 입을 열며 답하였다.

"알고 있소……."

이순신과 통제영 병사들에 의해 왕의 명을 받은 선전관이 구류되었다. 아마 전투가 끝나면 그간 있었던 사실들이 이연에게 알려질 것이 분명한 상황이었다.

조치가 필요했다. 주변인들을 지켜낼 최후의 방책이 필요하였다.

그에 대해 이순신은 끊임없이 생각하고 고민하였다.

그로부터 만 하루가 흘렀다.

수십 척 넘는 판옥선들이 있었다. 그 사이사이에서 분주함이 일고 있었다.

"노의 상태를 확인해라! 돛의 상태도 확인하도록!!"

"예!!!"

수 천 넘는 병사들이 이리저리 오가고 있었다. 그리고 그러한 풍경들을 김한호가 바라보고 있었다.

'분명 역사와 비슷하게 흘러가겠지… 일단 역사에서 있었던 일대로 작전 설명을 해놓았으니…….'

뜻하지 않게 이순신의 군사기 되었다. 그리고 뜻하지 않게 작전 설명까지 하였다. 김한호는 자신 때문에 역사가 변하진 않을까하면서도 실제 역사와 비슷한 사건이 벌어지리라 여기고 있었다.

더불어 자신에게 수도 없이 질문을 내던지고 있었다.

'무슨 의미로 살아야 하는 걸까…….'

짬이 날 때마다 수 없이 질문하였고 수 없이 생각하였다.

삶의 의미를 찾으려 하며 해변에서 시간을 보내고 있었다. 그런 그를 세 명의 시선이 향하고 있었다.

충청수사 권준과 경상우수사 이순신, 군관 송희립이 멀리서 지켜보고 있었다. 입부 이순신이 김한호에 대해 의문을 표하였다.

"비록 장군의 명이라곤 하지만 어째서 이번 전투에 참여하지 않는 것인지 모르겠군. 분명 저 청년이 군사라고 들었는데 말이야……."

"설마 저 청년이 군사라고 정말 믿는 것이오? 이 수사?"

"……?"

입부 이순신의 중얼거림에 권준이 어이없다는 식으로 웃음을 지었다. 그에게 입부 이순신이 어리둥절한 표정을 지으며 물었다.

"권 수사. 그게 무슨 뜻이오?"

입부 이순신의 물음에 김한호를 사로잡았었던 권준이 송희립의 옆구리로 칼자루 끝을 밀어 넣었다.

툭.

"자네가 이야기해보게."

"예. 장군."

"……?"

명령에 대한 답변 직후 송희립이 김한호에 대해 설명하기 시작하였다.

"보름도 더 전에 통제사 영감께 자객들이 침입했었지라. 그때 권 수사 영감이 추격을 나섰고 바로 저 청년, 김한호라는 청년을 사로잡았었지라. 그리고 저가 고문흉내 좀 내서 정보를 캐려던 찰나에 사도첨사가 손녀를 이끌고 나타났었지라. 손녀 황설영이 말하길, 저 청년이 자객들로부터 자신을 구해줬다 했다 하였고 그 후로 이차저차해서 통제영에 눌러 앉게 된 청년인디, 저가 볼 때 적은 아닌 것 같고, 우리 조선 사람인 것 같으면서도 그렇다고 또 우리 편은 아닌 것 같은 게 뭔가 껄쩍지근한 거시…….”

“아군은 아닌 것 같다……?”

“그렇지라. 근디 그게 다는 아니어라. 장군.”

“다가 아니다?”

이야기의 끝이 아니라는 말에 권준이 송희립을 대신하여 설명하기 시작하였다.

“저 청년이 메고 있는 조총을 본 적이 있소? 내가 보기엔 분명 우리 조선의 무기는 아니외다. 그런데 저 조총엔 언문이 새겨져 있었소.”

“언문……?”

“그렇소. 거기에 상상을 초월한 성능을 지니고 있소.”

“성능이 어느 정도요?”

“조총 100정의 위력이오. 연발 방포가 가능하오.”

“연발……?”

김한호를 처음 보았고 또 그와 여럿 사건들을 겪었던 이들이 권준, 송희립이었다. 어쩌면 그들과 다른 입부 이순신의 판단이 크나큰 착각일 수도 있는 일이었다.

“식견이 뛰어나다 못해 공명이 울고 갈 수준의 전략을 가졌소. 때문에 난 저 청년이 정녕 장군의 군사라고 생각하였소. 그런데 애초에 군사가 아니었다니……."

"……."

도대체 무슨 생각일까 하였다. 그들의 장군이 무슨 생각으로 김한호를 신뢰하는 것인지 알 수 없는 상황이었다.

그들은 김한호를 의심하면서도 자신들의 상관을 신뢰하고 있었다.

"장군이 믿는다면 그럴 만한 이유가 있는 것 아니겠소. 그러니 장군의 결정을 의심하지 말아야 한다 생각하오."

"뭐 그렇다면 할 말은 없지만……."

그렇게 김한호를 멀리서 지켜보고 있었다. 그때 김한호의 곁으로 한 아녀자가 다가섰다.

슥~

인기척이 일었다. 해변가의 판옥선들을 보던 김한호의 곁에 아리따운 외모를 지닌 아씨가 섰다.

나긋한 말투가 울려 퍼지기 시작하였다.

"일전에 소녀를 구해준 것에 대해 감사하다는 말씀을 전해야 했는데 그럴 수 있는 기회가 없었소. 하여 고맙다는 말부터 전하고 싶소……."

죽은 사도첨사의 손녀 황설영이었다. 그녀의 감사에 김한호는 고개를 내저었다.

"고마워하시지 않으셔도 됩니다. 고문당할 뻔했던 저를 구해주지 않았습니까? 그것으로 저에겐 충분히 고마운 일입니다."

"……."

어두운 속마음과는 달리 여유로운 미소와 함께 답하였다. 때문에 굳어 있던 황설영의 입가 또한 미소가 피어오를 일이었다.

그녀는 김한호가 메고 있던 소총에 호기심을 내비치고 있었다.

"조총이오?"

"뭐… 일단은 그렇습니다."

"허면 그것으로 날 구해줬던 것이오?"

"예……."

천둥소리와 함께 자객들이 피를 흘리며 쓰러졌던 모습을 기억하였다.

황설영은 김한호의 소총을 보며 그의 무력을 가늠하고 있었다.

묘한 시선을 느꼈다. 김한호는 속으로 곤란함을 느끼고 있었다.

"……."

슥~

생각을 하던 와중에 황설영의 시선이 판옥선들에게로 돌

려졌다. 그녀는 김한호에게 궁금한 것을 묻고자 하였다.

"장군님의 군사라고 하셨소."

"……."

"혹시, 이번의 출정으로 전쟁은 끝나는 것이오?"

소문이 퍼질 대로 퍼진 모양이었다. 김한호는 굳은 인상을 하고서 그녀의 질문에 답해주었다.

"아마 이번 전투가 마지막일 겁니다."

6년 넘도록 치른 대전쟁의 마지막 전투였다.

그의 대답에 황설영의 시선이 다시 김한호에게로 향하였다.

"……."

간절한 눈빛으로 보고 있었다. 그녀의 눈빛에 김한호는 불편한 느낌을 받고 있었다.

그런 그를 향해 황설영이 나지막이 입을 열었다.

"저기, 부탁이 있소……."

직후 김한호는 뒤통수를 긁적이며 물었다.

"무엇입니까?"

그의 물음에 황설영은 간절한 마음으로 부탁을 전하였다.

"장군님을 지켜주시오……."

유일한 가족이었다.

그녀는 유일한 가족을 지키려 하였다.

"출진!!!"

둥! 둥! 둥!

북소리가 울려 퍼졌다. 통제영을 벗어난 판옥선들이 장사진(長蛇陣)을 펼치며 항진하였다.

익숙지 않은 풍경이 보이고 있었다. 김한호는 이순신의 판옥선에 승선해 주변 풍경들을 살피며 깊은 생각에 잠겨 있었다.

시간 날 때마다 생각하였다. 하지만 생각할 때마다 좌절만을 느꼈다.

한숨이 깊게 나오고 있었다.

"후우……."

그때 송희립이 다가와 말을 걸었다.

"뭔 생각을 하는겨?"

"그냥 뭐 좀… 생각하고 있었습니다……."

"……."

탐탁지 않은 표정으로 바라보고 있었다. 그 앞에서 김한호는 애써 모른 체 하고 있었다.

송희립이 수염을 씰룩이며 김한호에게 물었다.

"그건 그렇다 치고, 원래 자넨같이 안 가잖여. 근데 갑자기 왜 전장에 따라간다 한 거여?"

"……."

송희립의 질문에 김한호는 지났던 바다를 보며 그의 질문에 답해주었다.

"저도 잘 모르겠습니다. 굳이 타지 않아도 되는데 말입니다……."

"뭔 소리여? 그게?"

"하하하……."

옅은 헛웃음이 나왔다. 김한호는 자신이 왜 판옥선에 타고 있는 상황에 대하여 어이없어하고 있었다.

판옥선에 승선하기 전, 황설영과 나눴던 대화가 머릿속에 떠오르고 있었다.

'장군님을 지켜주시오…….'

자신에게 황설영이 부탁하였었고 자신은 그 부탁에 회피를 하려 한 적이 있었다.

'무사하실 겁니다. 그리고 전 장군님을 따라 나서지 않습니다…….'

'그래도 지켜주시오. 당신에겐 그럴 힘이 있는 것을 알고 있소… 이렇게 부탁하오…….'

'…….'

누군가가 도움을 바랐던 탓일까, 김한호는 의미를 잃은 자신의 삶에서 자신도 모르는 목표를 찾아가고 있었다.

기필코 이순신을 살릴 것이라 다짐하였다. 그리고 그 다음에 행할 일들을 떠올리고 있었다.

　'이순신 장군이 살면 분명 선조가 그를 죽이려 들겠지! 그것을 막아야 한다!'

　죽을 땐 죽더라도 은인에게 보답을 해야 한다 여기고 있었다.

　그렇게 갖은 생각을 다 하며 붉게 물든 바다를 살피고 있었다. 그때 북소리가 울려 퍼지고 있었다.

　둥! 둥! 둥!

　붉게 물든 바다, 김한호의 시야 안에서 경상우수군 함대가 떨어져 나가고 있었다.

　경상우수사 입부 이순신이 크게 함성을 지르고 있었다.

　"경상우수군은 순천성으로 향한다! 경상우수군은 일자진을 펼쳐라!!!"

　둥! 둥! 둥!

　20여 척에 달하는 경상우수군이 북소리 맞춰 일자진(一字陣)을 취하였다. 일렬종대의 장사진보다 일렬횡대의 일자진이 훨씬 거대하게 보일 일이었다.

　경상우수군은 세력을 크게 불린 것 같은 착시 효과를 일으키며 여수반도 해안가에 대기 중이던 어민들과 합세하였다. 그리고 곧바로 순천 앞바다로 향하여 어민들과 함께 기만작전을 펼치기 시작하였다.

무수한 불빛들 사이에서 꽹과리 소리들이 퍼져 나가고 있었다.

땡땡땡땡땡!!!

"와아아아아~!!!"

기도비닉(企圖秘匿)이 유지되어야 할 야간 작전에 병사들과 주민들의 함성 소리가 퍼지고 있었다.

추정만 하여도 100여 척이 넘을 것으로 보이는 횃불, 함성이었다. 순천 왜성에 주둔해 있던 고니시는 그러한 바다, 공포의 바다를 보며 나름 기만 작전이라 생각하고 있었다.

"이순신이 용을 쓰는 군! 나에게 이런 기만술로 끌어들이려 하다니!!"

전장에서 지내온 시간만 하여도 십 수 년 넘는 인생을 보냈다. 거기에 전국 시대를 종결 시킨 영웅, 도요토미 히데요시가 직접 임명한 선봉장이었다.

비릿한 미소를 보며 노량 앞바다로 향하는 바닷길을 보고 있었다. 그때 고니시에게 긴급한 전령이 도착하였다.

"보고입니다!!! 적 육군이 이곳으로 진격 중입니다!!"

"육군… 좀 더 확실히 알아보도록 하라! 제독 유정은 우릴 공격하지 않는다!!"

"도, 도원수 권율입니다!!!"

"……?!"

명국군이 아닌 조선군이라는 이야기에 고니시의 표정이 일그러졌다. 그는 곧바로 고개를 돌려 다급한 목소리로 물었다.

"병력은 얼마나 되는가?! 철포군은?!"

"추정 5만 명에 철포군 천 명입니다! 신기전에 화포까지 확인하였습니다! 장군!"

절대 적지 않은 병력이었다. 더불어 육상전만으로도 충분히 순천성이 함락될 수 있는 전력이었다.

'정녕 이곳을 점령하러 왔단 말인가……?!'

단순한 기만 작전으로 끝날 것 같지 않은 행보였다.

가만히 있다간 분노한 조선군에게 자신의 목이 날아갈 판국이었다. 절대 넉넉한 심정으로 적들을 바라볼 상황이 아니었다.

원병이 필요한 순간이었다. 하다못해 해상에서의 탈출로라도 뚫어야 하는 상황이었다.

"봉화!! 지금 바로 봉화를 올려라!!"

"봉화로 사천까지 신호가 닿지 않습니다! 장군!!"

"그럼 산이라도 태워!! 당장!!"

"하, 핫!!"

명령을 받은 장수가 잰걸음을 하였다. 그를 본 고니시는 불안한 마음을 보이며 다시 바다를 살피기 시작하였다.

굳은 인상을 하고서 그저 원병이 오기만을 기다릴 뿐이

었다.

그렇게 약 수 시간을 기다렸다.

비가 내리지 않는 계절이었다. 메마른 나뭇가지는 그 어느 때보다도 불이 잘 붙는 상태였다.

화르르륵~!

활활활~!!!

횃불 몇 개에 의해 산 하나가 통째로 불살라졌다. 바로 봉화였다. 그리고 산을 태울 정도로 아주 긴급한 상황이었다.

사천과 남해에 위치한 왜장들은 봉화를 확인하는 즉시, 사천에 모여들어 긴급회의를 벌이기 시작하였다. 시마즈 요시히로, 타치바나 무네시게, 와키자카 야스하루 등이 모였고 그들은 고니시를 향한 포위가 이순신의 기만술이 아닌지부터 의심하였다.

조선정벌군을 지휘하는 주장(主將), 도진의홍(島津義弘) 시마즈 요시히로가 왜장들의 의견부터 일단 모으고자 하였다.

"분명, 고니시 장군의 상황은 최악이라 할 수 있소. 그런데 그 정도까진 아니더라도 상황이 안 좋긴 우리 또한 마찬가지오. 적은 이순신, 바다의 귀신이라 불리는 자요. 그는 기만술의 대가며 우리들 중 그 어떤 이도 그를 이겨본 적이 없소. 하여 장군들에게 묻소. 어떻게 하면 좋겠소?"

굳은 표정으로 물었고 직후 대마도주 종의지가 고개를 숙이며 애원을 하였다.

"저의 장인을 구해주십시오. 장군들께 부탁드립니다……!"

"……."

스의 애원 앞에서 그에 응해줄 수 있는 왜장은 아무도 없었다.

침울한 분위기가 퍼지고 있었다. 그때 입화종무(立花宗茂) 타치바나 무네시게가 조선군의 상황을 알고자 하였다.

"권율이 끌고 간 병력이 얼마나 됩니까? 시마즈 장군."

"5만 가량으로 추정되오."

"너무 많지 않습니까?"

"나도 그렇다 생각하오. 그 정도 규모라면 대규모 수군이 필요치 않을 거라 생각하오……."

고작 수천에 이르는 병력과 5만 명에 이르는 병력의 격돌이었다. 그리고 그 결과는 안 봐도 훤하다 할 수 있는 대결이었다.

그러한 전투에 80척 넘는 전선이 필요할까 하였다. 굳이 필요하다면 순천에서 탈출 병력들을 봉쇄할 20척 정도로 충분할 것이라 여기고 있었다.

20척 정도의 판옥선이라면 그들 전선들의 원거리 포격으로 승선 저지를 충분히 할 수 있는 수준이었다. 그러함에도 불구하고 조선 수군 전 함대가 순천 앞바다에 가 있으니 그것만큼 이상한 상황이 없는 일이었다.

순천 앞바다는 20리 길이에 걸치는 만 형태의 해상, 즉, 조선 수군의 전 함대가 순천으로 향해 있음은 노량의 봉쇄가 풀리는 것을 뜻하며 조선 수군이 독 안에 든 쥐가 되었음을 뜻할 일이었다.

탈출하는 함대와 구원하러 가는 함대에 의해 협공 받을 수 있는 위치였다. 상대는 해신, 이순신이었고 그가 지휘하는 조선 수군 함대였기에 더욱 일어날 수 없는 상황이었다. 때문에 왜장들은 섣불리 움직일 수 없는 상태였다.

아마도 노량 앞바다에서 조선 수군 함대 전체가 기다리고 있을 것이라 여기고 있었다.

침묵하고 있던 이가 처음으로 입을 열었다. 그는 한산도와 명량 앞바다에서 이순신과 전투를 벌였었던 이였다.

"척 봐도 기만술이오. 보나마나 노량 앞에서 일자진을 펴 놓고 있을 것이외다!"

와키자카 야스하루의 부정적 의견에 종의지는 다시 한 번 고개를 숙이며 절하다시피 애원을 하였다.

"저의 장인을 구해주십시오! 제발! 부탁드립니다! 장군들!!"

"……"

종의지의 애원 앞에서 왜장들은 인상만 굳힐 뿐이었다.

그렇게 운명의 시간이 지나기만을 기다렸다.

그때였다.

드륵~!!!

턱턱턱!

문이 열림과 더불어 다다미에서 거친 발걸음 소리가 일었다.

정찰 임무를 지녔던 한 사무라이가 들어왔다. 그는 시마즈 앞에서 무릎을 꿇으며 보고를 올리기 시작하였다.

"장군! 급보입니다!!"

"무슨 일인가?"

"노량의 봉쇄가 풀렸습니다!!"

"무, 무어라?"

사무라이의 보고에 시마즈는 믿기지 않는 듯한 표정을 지었다. 동시에 와키자카 야스하루가 전령에게 역정을 내며 물었다.

"다시 말하라! 잘못된 보고라면 내 즉시 이 자리에서 너를 참할 것이다!!"

"틀린 보고가 아닙니다! 장군!!!"

"확실한가?!"

"확실합니다!! 장군!"

사무라이의 표정은 진중하였다. 그를 보며 타치바나가 노량 부근의 상황을 물었다.

"서쪽은 어떠한가?! 봉쇄가 풀렸다면 분명 서쪽의 상황을 확인하였을 터!!"

직후 사무라이가 상세히 답하기 시작하였다.

"봉쇄가 풀린 것을 확인하고 노량 서쪽으로 전선을 내보냈습니다! 노량 부근에 매복 적선들이 없는 것을 확인함과 더불어 순천 앞 바다에서 불빛들이 무수히 빛나는 것을 확인하였습니다! 장군!!"

"……!!"

보고를 종합한 결론은 오로지 하나 밖에 없었다. 시마즈 요시히로가 손으로 무릎을 두들겼다.

탁!

"허허실실! 우리가 가진 공포를 이용하여 총공격을 감행하다니! 이순신! 정말 대단한 장수로구나!"

사람의 마음을 이용하는 지략에 시마즈가 감탄을 하였다. 그러면서도 이순신이 행한 뼈아픈 실책의 기회를 이용하고자 하였다.

"하지만 실책이다!! 노량이 비었다면 더 이상 고민할 필요도 없을 터! 우리 군은 노량을 통과해 이순신의 뒤를 칠 것이오!!"

"핫!!"

주장으로써 군령을 내렸다. 주위를 호위하는 왜장들과 사무라이들이 일제히 고개를 숙였다.

그 날 밤, 사천, 남해를 필두로 한 일본국의 연합 함대가 뭉쳤다. 왜선의 수는 총 400여 척, 병력은 수만에 달하는 규모였다.

그들은 동에서 서로 흐르는 조류를 타고서 인시(寅時)에 맞춰 노량에 진입하였다.

불빛들을 향하여 어둠 속으로 뛰어들었다.

그 어둠은 그들에게 너무나도 깊은 어둠이었다.

보름을 막 지난 밝은 달빛이 검은 바다를 비추고 있었다.

쏴아아~

고요함 속에서 파도 소리만 울려 퍼졌다. 왜의 전선 안택선(安宅船)이 바다 한복판에 한 동안 떠 있다 해가 뜨는 방향으로 이동하였다.

침묵 속에서 묵직한 목소리가 울려 퍼지고 있었다.

"장군… 적선이 다시 사천으로 향하였어라……."

"확인했다… 조방장에게 일러 노량 입구를 확인케 하라……."

"알겠어라……."

이순신의 명령이 있었다. 송희립은 병사들을 시켜 인접한 전선들에게 수신호를 보내게 하였다.

북소리도 필요 없었고 깃발 신호도 필요 없었다. 그저 바짝 붙은 전선들, 곁에 있는 전선들을 향해 손을 휘저을 뿐이었다.

남해도 서쪽 해안, 노량 입구 근처 관음포 앞바다에 60여 척에 이르는 판옥선들이 매복해 있었고 그러한 판옥선들 사이에서 정찰 임무를 띤 판옥선들이 나와 노량 일대 해역으로 향하였다.

수 시간 뒤, 탐망선(探望船)이 귀환함과 동시에 이순신에게 적정에 대한 보고가 날아들었다.

송희립이 직접 보고를 올리고 있었다.

"사천 앞바다에서 불빛이 솟아올랐어라… 아무래도 적들이 노량으로 오는 게 아니겠어라. 장군……."

"……."

보고를 받은 이순신은 결연한 표정을 지었다.

김한호의 전략대로, 그리고 역사 속에서 자신이 펼쳤던 전략대로 적들이 노량을 통과할 것이 분명한 상황이었다.

7년 전쟁의 마지막 결전이었다. 이순신은 송희립에게 나지막하게 명령을 내렸다.

"전 함대 노량으로 이동한다……!"

명령과 동시에 수신호가 올려졌다. 그와 더불어 물길이 갈라지기 시작하였다.

60여 척의 판옥선은 노량 입구에 도착하는 즉시 2열 횡대로 겹 일자진을 펼쳤다. 침묵 속에서 적들이 오기만을 기다렸고 복수의 때가 오기만을 기다렸다.

달빛과 함께 무수한 불빛들이 반사되었다. 노량의 바닷물 위로 반사된 횃불들의 그림자가 일렁이고 있었다.

쏴아아~

고요함 속에서 파도 소리만이 울려 퍼지고 있었다.

삼도수군통제사 이순신이 검을 빼들었다. 송희립의 우렁찬 함성이 노량의 하늘을 크게 메웠다.

"방포하라!"

"방포!! 방포하라!!"

어둠 속에서 횃불들이 솟아올랐다. 60여 척에 이르는 판옥선들이 불벼락을 쏟기 시작하였다.

포탄이 날아오름과 동시에 지자총통이라는 화포에서 거대한 쇠뇌가 솟아올랐다.

뻐버벙!! 뻐벙!!

퉁! 투퉁!!!

30근에 달하는 쇠뇌 장군전(將軍箭)이 하늘을 갈랐다.

직후 왜선들 사이에서 나무 파편들이 튀어 오르기 시작하였다.

콰!! 콰쾅!!

꽝!!! 후두둑~!!!

그 모든 것이 환상처럼 보였다. 왜장들의 눈앞에서 살점들이 튀는 장면이 천천히, 또 천천히 지나가고 있었다.

"으아아악!!"

"크아악~!!"

"급습!! 급습이다!!!"

콰쾅!!

"커헉!!!"

혼란 속에서 멍한 표정으로 있었다. 시마즈의 얼굴로 찢겨져 나간 왜병의 팔이 날아들었다.

픽! 착~!

얼굴에 피가 뿌려졌다. 시마즈는 얼굴에 묻은 피를 손바닥으로 닦아내었다.

슥~

"…….."

손에 묻은 피를 보았다. 그리고 손바닥 너머에 쓰러진 상하반신이 분리된 병사의 시신을 보았다.

현실을 봄과 더불어 400여 척의 함대가 위기에 처해 있음을 깨달았다. 수군을 살리기 위한 방법은 하나밖에 없다 여겼다.

아니, 어차피 조류를 타고 있어서 후퇴를 하기엔 이미 늦은 상황이었다.

선택지는 오로지 하나밖에 없었다.

"전력을 다해 노량을 통과하라!!! 바다에 떨어진 이들과 파손 된 전선을 구하지 마라!! 우리가 죽는다!!"

살아남기 위해 전우를 버리는 행위마저 벌이고 있었다. 그렇게 눈물을 머금고 급류를 타고서 내달렸다.

그 와중에도 조선 수군의 포격은 계속되고 있었다.

"방포!! 방포하라!!"

뻐벙!! 뻐버벙!!

가용될 수 있는 모든 화력이었다. 그 앞에서 왜선들이 격침되어가고 있었다.

안택선들의 선저에 큰 구멍들이 생기고 있었다.

쾅!

촤아아악~!!

바닷물들이 안택선들의 선저를 채우고 있었다.

그렇게 한 척, 열 척, 오십 척 가량이 격침되고 있었다.

노량을 넘어서는 데만 무려 100척에 이르는 안택선이 격침되었다. 시마즈를 포함한 왜장들은 엄청난 피해 앞에서 눈물을 쏟고 있었다.

"크흐흑!!"

"어찌 이런 일이! 백 척 넘는 전선이! 백 척 넘는 전선들이……!!"

그러면서 코앞에 있는 60여 척에 이르는 판옥선들을 보았다. 왜장들은 눈물을 훔쳐내며 조선 수군 함대로 검을 뽑아들었다.

분노한 시마즈가 각 왜선들에게 명령을 하달하였다.

"아직 300척에 육박하는 전선들이 건재하다!! 전군!! 조선 수군 함대를 공격하라!!"

노량을 건널 땐 절망감을 느꼈었지만 막상 조선군과 마주하게 되니 한 번 해볼 만하다는 생각이 들었다.

그러한 심정으로 왜장들은 조선 수군 함대로 뛰어들기 시작하였다. 지휘소 처마에 매달린 총통(銃筒)을 터트리며 조선 수군 함대를 격멸코자 하였다.

뻥!! 뻐벙!!

첨벙! 첨벙!

왜선에 탑재된 화포에서 부정확한 포탄이 날아들었다. 판옥선들 사이에서 몇 개의 물기둥이 솟아올랐다.

직접적으로 싸우면 크게 피해가 날 수도 있었다. 이순신은 좀 더 유리한 위치에서 싸우고자 퇴각 명령을 내렸다.

"관음포로 퇴각한다!!"

"퇴가악~!! 퇴각하라!!"

둥! 둥! 둥!

송희립의 고함과 함께 북소리가 크게 일었다. 이후 60여 척에 이르는 판옥선들이 선수를 돌려 도주하기 시작하였다.

그 뒤를 왜선 300여 척이 뒤쫓고 있었다.

"놓치지 마라!! 오늘 우린 이순신을 잡는다!! 그리고 우리의 고향으로 돌아갈 것이야!!"

승전은 아니지만 살아 돌아갈 수 있을 것이란 생각이 들었다.

하지만 그건 큰 착각이었다.

쿠궁, 쿠구궁……!!!

어둠 속에서 불꽃들이 터졌다. 직후 판옥선들을 뒤쫓던 왜 수군 함대 사이에서 커다란 구멍이 생기기 시작하였다.

콰쾅!! 쾅!!

"크아악~!!"

다시 한 번 비명소리가 일기 시작하였다. 시마즈를 포함한 왜장들은 자신들이 함정에 빠졌음을 직감하였다.

'매, 매복이다!! 설마……?!'

아직 보이지 않았던 전선들이 있었다. 그것은 바로 진린의 함대, 명 수군의 사선들이었다.

아니나 다를까 왜선들 측편 해상에서 불길이 솟아오르고 있었다.

화르륵~!!

횃불의 수로 어림잡아 60척에 이르는 전선들이었다. 그를 보며 시마즈는 조명 연합 함대가 100여 척이 넘는다는 것을 깨달았다.

"이, 이럴 수가!!!"

숨이 멎는 듯한 느낌을 받았다. 그때 휘하 사무라이로부터 생각지도 못한 보고를 받았다.

"주군!! 고니시 장군입니다!!"

"뭐?! 고니시가?!"

충격에 빠짐과 더불어 주위 바다를 둘러보았다.

순천으로 향하는 바닷길로 횃불을 세운 안택선들이 보이고 있었다.

더불어 명국군 함대 쪽으로 뒤늦게 합류하는 판옥선들이 보이고 있었다.

관음포 서쪽 앞바다에 명, 조, 왜 전 함대가 집결해 있었다.

왜장들은 자신들이 사지에 내몰려 있음을 확인하였다.

"끄, 끝이구나······!!"

통한의 한 마디가 울려 퍼졌다. 그와 함께 이순신은 차디찬 음성으로 공격 명령을 내렸다.

"포로는 없다!! 적들을 모조리 분멸하라!!"

포성이 다시 울려 퍼지기 시작하였다.

뻥! 뻐버벙!!

콰쾅!! 콰쾅!!

쾅!!

판옥선과 사선의 화포들이 불을 뿜기 시작하였다.

포탄은 비가 되어 안택선 위로 떨어지고 있었고 장군전은 안택선 선저(船底)를 뚫으며 일발에 한 척씩 격침시키고 있었다.

집중포화가 쏟아져 내리고 있었다. 시마즈는 전 함대에 일러 필사의 탈출을 지시하였다.

"모든 전선은 정면을 돌파한다!! 포위망을 뚫어라!! 뚫지 못하면 우린 모두 죽을 것이다!!!"

쾅!! 콰쾅!!

"으아아악~!!!"

명령에 대답하는 이 하나 없었다. 오로지 비명만이 대답을 대신할 뿐이었다.

혼란과 혼돈 속에서 열 척, 스무 척, 삼십 척씩 침몰해가고 있었다. 또한 용골을 부러뜨려가며 안택선들을 왜병들과 함께 깊은 침묵 속으로 잠기고 있었다.

공포 속에서 왜병들, 왜장들은 살기 위한 발악으로 연안 해역을 벗어나고자 하였다.

그들은 노를 빠르게 저으며 남쪽 해상으로 빠져나가고자 하였다.

쏴아아~!!

도주선을 놓칠 이순신이 아니었다. 그는 최후의 적선까지 모조리 잡아낼 생각이었다.

"적들의 퇴로를 막아라!! 충각으로 적선들을 깨부숴라!!"

판옥선들의 노가 바닷물을 휘젓기 시작하였다.

전력으로 도주하는 안택선들을 향해 판옥선들이 전력을 다하여 달려들었다.

쿠쿵!!

"크악!!"

털썩!!

크나큰 충격이 일었다. 더불어 안택선에 서 있던 왜병들이 일제히 쓰러져 넘어졌다.

체급이 큰 판옥선과의 충돌로 안택선들의 측면과 정면이 깨부숴지고 있었다. 그 상황에서 판옥선의 화포가 다시 불을 뿜고 있었다.

뺑, 뻐벙!!

콰쾅!! 콰콰쾅!!

안택선의 코앞에서 판옥선의 화포들이 불을 뿜었다. 그와 함께 두세 척의 안택선이 일시에 관통되었다.

포격을 맞은 안택석들은 한순간에 전투 불능 상태로 빠져들었다.

혼란 속에서 조총을 장전할 틈이 없었다. 때문에 왜병들

은 백병전으로 포격을 방해하고자 하였다. 더불어 후방 왜
선의 조총 장전 시간을 벌고자 하였다.

"도선하라!! 도선하라!!!"

"포격하지 못하게 막아야 한다!! 목숨을 걸고 살길을 열
어라!!!"

사무라이들의 외침과 함께 양 수군 선박들 위로 왜병들
의 발소리가 울려 퍼지고 있었다.

턱턱!! 턱턱턱!!

"……."

덜덜덜~

도선을 행한 왜병들은 두려움 잠겨 검을 든 채로 떨고 있
었다. 그에 비해 조선의 수병들은 복수심에 불타고 있었
다.

결과는 안 봐도 훤한 것이었다.

"우리의 한을 풀 때가 왔다!! 모조리 쓸어버려라!!!"

가리포첨사 이영남이 검을 빼들었다. 직후 수병들이 삼
지창과 검을 뽑아들며 함성을 내지르며 달려들기 시작하
였다.

"와아아아아~!!!"

"이 문어 대가리 쉐키덜아!! 디지뿌라!!!!"

푹! 푸푹!!

"커헉!!!"

풍덩!!

피를 쏟는 왜병도 있었고 삼지창에 찔려 바다로 떨어지는 왜병도 있었다.

두려움에 사로잡혀 제대로 된 백병전을 펼치지 못하고 있었다. 하지만 그것으로도 그들에게 충분한 전과였다.

그들이 도선한 덕분에 후방의 안택선에서 조총 장전이 완료가 되었다. 10여 명에 이르는 조총수들이 조선 수군의 맹장 이영남을 조준하고 있었다.

치이익~!

"……!!"

총구가 자신을 향해 있음을 알았다. 이영남은 곧 자신이 죽을 것이라는 것을 직감하였다.

그때였다.

따다다다다다당~!!!

"……!!"

천둥소리가 일었고 이영남을 조준하던 왜병들이 일제히 피를 뿜으며 쓰러졌다. 직후 이영남은 총성이 울린 방향으로 고개를 돌렸다.

'구, 군사!!'

여명이 비추는 곳, 이영남의 시선 끝에 김한호가 있었다. 그는 총탄 30발을 모두 쏘고서 탄창을 갈아내고 있었다.

역사 속에서 죽어야 할 이가 살아남았다. 김한호는 황설영의 부탁에 대해 마지막 대답을 들려주었다.

그리고 자신에게 던진 질문의 해답을 찾아내었다.

쿵!! 쿠궁!!

뻥! 뻐벙!!

포연이 앞을 가렸다. 더불어 화약 냄새가 코를 간질이고
있었다.

역사 속의 대전투를 경험하고 있었다. 김한호는 눈앞에
펼쳐진 광경을 보며 자신이 과거에 있음을 다시 인식하고
있었다.

슥······.

고개를 돌렸다. 그의 눈앞에 이순신이 검을 뻗고 있었다.

"한 놈도 놓치지 마라! 모조리 분멸하라!!!"

더불어 군관 송희립의 고함이 들려오고 있었다.

"방포!! 방포하라!!!"

뻥! 뻐벙!!

"······."

다시 한 번 고개를 돌렸다. 좌측 전방에 백병전을 벌이는
이영남이 있었고 주변 안택선에서 조총 장전이 이뤄지고

있었다.

"……."

어깨에 멘 K-2소총을 빼들었다.

철컥!

척!

삽탄을 장전시켰다. 무릎을 꿇어 조총 장전을 마친 왜병들을 조준하였다. 그리고 잠깐 동안의 생각을 하였다.

'역사를 바꾸기로 결심한 이상! 내가 겪었던 미래 따윈 없을 것이다!!'

따다다다다당~!!!

총구에서 불꽃이 터졌다. 더불어 시끄러운 포성 사이에 귀를 찢는 파열음이 터졌다.

수병들과 송희립이 지켜보는 사이 김한호는 사격을 끝마치고 탄창을 갈아내고 있었다.

딸칵, 척!!

노리쇠를 전진시켜 재장전을 하였다. 그 모습을 이순신이 보고 있었다.

'다시보아도 믿을 수 없는 화력이군…….'

미래 무기의 진면목을 다시 확인하였다. 더불어 미래 조선의 강한 힘을 확인하였다.

걱정은 없었다. 자신이 죽는다 하여 조선 백성들이 무너질 일은 없을 것이라 여겼다.

"송 군관!! 돌격 깃발을 올리게!!!"

"알겠어라!!"

이순신의 명을 받았다. 송희립은 직접 북채를 들고서 북을 두들기고자 하였다.

그때 송희립의 손목을 잡는 이가 있었다. 그는 김한호였다.

덥석.

"뭐, 뭐여?"

갑작스레 손목을 잡히니 송희립은 두 눈을 크게 키울 수밖에 없었다.

김한호를 노려보며 무슨 짓이냐고 물으려 하였다.

그 앞에서 김한호는 진중한 표정을 지었다.

"잠시 북을 치지 말아주십시오! 장군님을 살려야 합니다!"

"뭐어~?"

김한호의 말에 송희립은 어이없는 듯한 표정을 지었다.

턱턱턱!

지휘소로 향하는 계단에서 발걸음 소리가 일었다. 김한호는 이순신에게로 향해 그의 결정을 저지시키고자 하였다.

"그 결정이 얼마나 무책임한 처사인지 아십니까?!"

"……."

"그 결정으로 측근들은 살릴지 모릅니다! 하지만 장군님의 따님은 어떻게 되는 것입니까?!"

"……."

수병들과 송희립 등이 지켜보는 가운데 이순신은 침묵만을 지켰다.

그러다 슬쩍 입을 열어 김한호에게 질문을 내던졌다.

"더 좋은 결정이 있는가?"

더 나은 선택이 있는지를 물었다. 그 물음에 김한호가 단호한 표정으로 답하였다.

"혁명을 일으키십시오."

"나에게 역적이 되란 소리인가……?"

"역적은 제가 될 겁니다."

"……."

스스로 역적이 된다는 이야기에 이순신이 표정을 굳혔다.

바로 그때였다.

탕!

"윽!!"

털썩!

"구, 군관나리! 군관나리!!!"

수병들의 외침과 함께 이순신과 김한호가 시선을 돌렸다.

군관 송희립이 유탄을 맞고서 쓰러져 있었다.

"크으윽! 으윽……!"

"송 군관!!!"

턱턱턱!

빠른 발걸음으로 송희립에게 달려갔다.

이순신은 송희립을 부둥켜안고 그의 이름을 연신 외치고 있었다.

"이보게!! 송 군관!! 송 군관!!!"

"으윽… 자, 장군…….""

"송 군관…….""

하복부 좌측에 생긴 총상을 살피고 있었다. 그를 보며 이 순신은 흥분을 크게 삭혀나가기 시작하였다.

슥~

촤락~

입고 있던 두석린갑(頭錫鱗甲)을 벗어 총상을 당한 송희 립의 몸을 덮어주었다.

"자, 장군……!"

"편히 있게……!"

검을 들고 일어섰다. 그런 이순신을 김한호가 말리고자 하였다.

"이것은 최선이 아닙니다! 장군님!!"

"…….""

김한호의 말에 이순신이 잠시 움찔하였다.

하지만 그때뿐이었다. 이순신은 왜선들을 향하여 돌격
명령을 내렸다.

"돌격 깃발을 올려라!!!"

"돌격!! 돌겨어억~!!!"

눈물과 함께 분노한 수병들의 함성이 터졌다. 김한호가
돌격명령을 저지하기엔 이미 그 기세가 막지 못할 수준으
로 번진 상황이었다.

속으로 이순신을 살릴 궁리를 하였다. 그대로라면 분명
왜군의 총탄에 이순신이 전사할 미래가 펼쳐질 일이었다.

'어떻게 한다……?!'

이리저리 고개를 돌렸다. 그때 자신이 입고 있던 옷을 내
려다보았다.

'그래! 이거라면!!!'

탄창 주머니가 부착 된 조끼가 있었다. 김한호는 입고 있
던 자신의 조끼를 보며 왜적의 총탄을 막아낼 수 있다 여
기고 있었다.

그사이 이순신의 판옥선은 왜선들 사이로 뛰어들어 포성
을 터트리고 있었다.

뻐벙!! 뺑!!

쾅!! 콰콰쾅!!

그리고 도선에 나선 왜병들을 철릭 복장의 이순신이 검

격으로 베고 있었다.

챙! 좌악!

"퀵!"

이순신의 강검에 왜병들이 속절없이 베이고 있었다.

그때 이순신을 조준하는 단 한 정의 조총이 있었다.

치이이……!

"…….."

"…….."

조총의 심지가 타고 있었다. 조총을 든 왜병과 이순신의 두 눈빛이 교차되고 있었다.

슥…….

들고 있던 검을 내렸다. 두 눈을 감고서 죽음이 오기만을 기다렸다.

탕!

푹!

털썩!

총성과 함께 이순신이 쓰러졌다. 그리고 그 옆으로 김한호가 따라 나뒹굴었다.

콰당!

"으윽……!"

"……!!"

가슴을 부여잡고 온몸을 비틀어내고 있었다. 김한호를

보며 이순신이 놀란 표정을 짓고 있었다.

"이, 이런!! 이게 무슨 짓인가!!"

김한호를 감싸 안고서 그의 이름을 부르고 있었다.

순간 김한호가 신음을 터트리며 욕설을 내뱉었다.

"으윽… 존나 아프네, 씹……!"

"……?!"

김한호를 둘러싼 수병들과 도선하는 왜군들과 싸우는 수병들, 그리고 왜군들마저 두 눈이 휘둥그레지고 있었다.

방탄복에 구멍을 낸 김한호가 앉은 채로 오만상을 찌푸리고 있었다.

"크으… 아야…… ."

"세, 세상에…… ."

"…… ."

총을 맞은 사람이 멀쩡히 일어나고 있었다. 놀란 시선들을 살피며 김한호는 옆에 떨어트렸던 K-2소총을 견착하였다.

철컥!

그리고 싸우다 멈춘 왜병들을 향하여 총격을 가하였다.

따다다당 따다다당!!

"으악!!"

"윽!!"

정리되지 못한 왜병들을 쓸었다. 직후 김한호는 이순신

에게로 얼굴을 들이밀며 말하였다.

"죽으려거든 목에 칼을 긋고 죽으십시오! 그런데 그렇게 해서도 죽지 못할 겁니다! 따님의 부탁 때문에라도 제가 끝까지 장군님을 살릴 것이니 말입니다!!"

"……."

그의 고함 앞에서 이순신은 어두운 표정을 지었다.

"자네 덕분에 난 역적의 오명을 쓰게 되었네, 그 책임 만만치 않을 것이네……."

또 한 번 자신이 역적이 될 것이라 말하였다. 그 앞에서 김한호가 콧방귀를 뀌며 말하였다.

"다시 말하지만, 책임도 제가 지고 오명도 제가 뒤집어쓰ㅂ니다. 그러니 살아남으십시오."

김한호의 이야기를 들은 이순신은 주위를 한 번 돌아보았다.

"……."

듣는 귀가 많았다. 때문에 주위의 병사들, 군관들이 알아듣지 못하게 말하며 김한호의 처지와 역사왜곡에 대한 걱정을 드러내었다.

"이 행동으로 모든 것이 바뀔 것이네, 자넨 돌아갈 생각이 없는 것인가……?"

그 물음에 김한호가 쓴 웃음을 지으며 말하였다.

"돌아갈 수 있는 방법을 알았다면 이곳에 있지도 않았을

겁니다… 그 이전에 제가 돌아가야 할 의미조차 사라졌습
니다…….”

“…….”

돌아가야 할 의미가 사라졌단 말에 이순신은 한동안을
생각하다 그 의미를 이해하게 되었다.

김한호의 두 눈가에 슬픔이 서려 있었다. 하지만 그간 있
었던 좌절에 대한 어두움은 조금 사라진 상황이었다.

결연에 찬 김한호의 표정을 보고 있었다. 그런 이순신에
게 김한호가 단호한 말투로 말하였다.

“피눈물이 나는 동족상잔의 비극을 아십니까? 수십만,
수백만, 수천만에 달하는 사람들이 죽는 비극을 아십니
까?! 전 그 비극을 알고 있습니다! 때문에 전 그러한 비극
이 이곳 땅에 나오지 않게 하기 위해 모든 것을 바꿔낼 것
입니다! 그것이 절 살게 만들 유일한 다짐입니다!”

“…….”

살아야 할 이유가 보이고 있었다. 이순신의 눈앞에 양녀,
황설영의 환한 미소가 보이고 있었다.

덥석.

놓았던 검을 다시 집어 들었다. 그리고 힘찬 발걸음으로
판옥선의 지휘소에 올랐다.

뺑! 뻐벙!

쾅! 콰쾅!!

둘러싸인 방패 너머로 포성, 포연과 함께 왜선들이 흩어지고 있었다.

그를 보며 이순신이 함대로의 복귀 명령을 내렸다.

"돌격기를 내려라!! 함대로 돌아간다!!"

우렁찬 북소리가 울려 퍼지고 있었다.

둥! 둥! 둥!

때는 1958년 음력 11월 19일, 퇴각하던 왜군이 조명 연합 수군에 의해 전멸하다시피 했던 날이었다.

여명과 함께 조선의 운명이 바뀌고 있었다.

충신이 왕에게 반기를 내걸었다.

모반

500여 척의 전선 중 무려 450여 척의 전선이 격침되었다.

한 맺힌 조선 사람들은 그나마 어느 정도 한을 풀 수 있을 만큼 복수하였다.

왜장들을 놓친 것이 통한의 한이었지만, 그래도 최대한 많은 적들을 죽이고 또 전쟁을 끝냈다는 것에 대해서 사람들은 나름 안도감을 갖게 되었다.

더 이상의 전투는 없었다. 전쟁을 끝낸 사람들은 다음의 삶을 살고자 하였다.

노량에서의 전투가 끝나고 사흘, 역사와 달리 살아남은

이순신은 다음의 대책을 준비코자 하였다. 고금도 통제영 지휘 막사에서 장수들을 모아 자신이 택한 길을 전하고자 하였다.

호롱불이 막사 안을 밝히고 있었고 모여든 장수들은 이순신에게 이목을 집중하고 있었다.

이순신은 제장들에게 혁명의 뜻을 밝히고 있었다.

"난 개경으로 갈 것이네. 그리고 그렇게 해서 내 주변 사람들을 결단코 지키고 말 것이네. 그래서 말하는 것이니, 이제부터 날 따르지 않아도 좋네. 자네들이 날 죄인이라 말해도 난 자네들을 이 나라의 진정한 영웅이라 생각할 것이네……."

"……."

장수들은 이순신의 말을 듣고 굳은 표정을 취하였다. 뭣 때문에 그가 일어선 것일까?

아마도 그를 따른 백성들, 그와 함께하는 가족들 탓이라 여기고 있었다.

전쟁은 끝났고 왕에게 있어서 최대의 적은 이순신이 된 셈, 장수들은 그가 거사를 도모하려는 이유를 알고 있었다.

왕은 끝내 이순신을 죽일 것이고 그를 따른 백성들, 추앙하는 백성들 모두를 참할 것이라 여기고 있었다.

선택의 여지가 없는 일이었다. 고민을 한다는 것 자체가 시비 구분도 못하는 일이었다.

경상우수사 입수 이순신이 나서 왼쪽 가슴 위에 오른손을 올리며 말하였다.

"전 끝까지 장군을 따를 것입니다! 장군!"

직후 가리포첨사 이영남이 나섰다,

"전쟁 도중 장군을 파직케 하여, 이 나라를 풍전등화의 상황으로 내몬 게 한 두 번이 아닙니다! 이참에 조정의 간신배들을 모조리 숙청해야 하는 것이 마땅합니다! 장군!"

더불어 충청수사 권준을 비롯한 많은 장수들이 이순신에게 대한 충성을 맹세하였다.

"차라리 역적이 될 것입니다! 왕에겐 역적이 되고 이 나라 백성들에겐 충신이 될 것입니다!"

"저도 따를 것입니다! 장군!!"

모든 장수들이 이순신을 따르고자 하였다. 그를 보며 이순신은 환한 미소를 지으며 다짐하였다.

"내 기필코, 자네들을 배신하지 않는 이가 될 것이네. 너무나도 고맙네."

씨익~

장수들의 입가에서 미소가 피어올랐다. 그들의 답변을 확인한 직후 이순신은 뒤에 놓여 있는 병풍 쪽으로 눈길을 돌렸다.

"나오게……."

슥~

저벅…….

병풍 뒤에서 그림자가 일렁였다. 그와 함께 한복 차림을 한 김한호가 장수들 앞에 모습을 드러냈다.

툭툭.

이순신이 김한호의 어깨를 두들겼다. 그는 김한호에 대한 신뢰감을 장수들에게 보이고자 하였다.

"알고 있겠지만 이번 전투의 작전을 세우고 이번 전투에서 나를 지켰던 인물일세. 앞으로 나를 도와줄 인물임과 더불어, 이 나라를 위해 많은 일을 행할 기재니, 자네들은 이 청년을 의심하지 말고 이 청년이 말하는 대로 따라주게나."

직후 김한호가 허리를 굽혀 인사하였다.

"앞으로 잘 부탁드립니다……."

"나야말로 잘 부탁하네. 자네야말로 장군과 함께 이 나라를 구한 영웅일세."

"……."

이영남처럼 김한호를 반기는 이들도 있었고 아직 김한호를 의심하는 이들도 있었다.

하지만 김한호에 대한 그들의 평가는 오직 단 하나였다. 왜적을 소탕하고 이순신을 구한 인물, 그 어떤 의심을 하여도 그 결과 앞에선 모두가 고개를 끄덕일 일이었다.

아무리 못해도 반 이상 가량이 김한호를 신뢰하고 있었다.

그런 그들에게 이순신은 앞으로의 일들을 논하고자 하였다.

혁명이 결정된 상황에서 어떻게 해야 최선의 방법인지를 알고자 하였다.

"나와 자네들의 뜻으로 거사를 치르기로 결정하였네. 허나, 어떤 방법으로 택해야 최선인지는 모를 터, 각자 자신들의 생각들을 내놓도록 하게."

생각이 모이면 모일수록 최선의 방책이 나오는 법이었다. 조방장 김완이 나서 자신의 의견을 말하고자 하였다.

"아직 승전장계가 올라가지 않은 것으로 압니다. 더군다나 선전관도 우리에게 묶여 있는 상태입니다. 그러니 전라도를 거점으로 기습을 펼치는 것이 낫다 생각합니다. 장군!"

"으음……."

의견을 들은 이순신은 입부 이순신에게 고개를 돌려 물었다.

"자네는 어떻게 생각하는가?"

그 물음에 입부 이순신이 결연한 표정으로 답하였다.

"제 생각은 조금 다릅니다. 장계도 올리고 선전관도 풀어준 후, 병력들을 해산시켜 조정을 기만시켜야 합니다. 그리고 그렇게 해서 조정이 긴장을 풀면 수로를 이용하여 개경을 공격해야 합니다. 육전으로 기습을 하면 도원수 대감께 패할 수도 있습니다."

"자네의 의견이 낫겠군……."

나름 짜임새 있는 의견이었다. 이순신은 입부 이순신의 의견을 놓고 여럿 장수들에게 판단을 물었다.

"자네들의 생각은 어떠한가? 한 번 답해보게."

직후 권준을 비롯한 부사, 첨사들이 자신들의 의견을 말하였다.

"제 생각도 장군과 같습니다."

"저 또한 마찬가지입니다. 장군!"

"저도 수로를 따라 올라가는 것이 낫다 생각합니다."

여럿 장수들이 입부 이순신의 의견이 낫다 말하였다.

그러나 그중 답하지 않는 이가 있었다. 그는 바로 김한호였다.

이순신은 슬쩍 미소를 지으며 김한호에게 의견을 물었다.

"자네만 조용하군. 뭔가 다른 생각이라도 가지고 있는 것인가?"

직후 김한호가 고개를 내저으며 양쪽 의견을 부정하였다.

"제 생각은 틀립니다. 두 쪽 다 거사에 실패하게 될 겁니다."

"으음……."

김한호의 대답에 입부 이순신은 굳은 표정을 지었다. 더불어 충청수사 권준이 인상을 찌푸렸다.

김한호를 포박했었다. 그런 그가 김한호에게 다른 의견이 있는지를 물었다.

"이 수사의 의견은 내가 들어도 승산이 있다 생각하네. 허나 자네가 부정을 하니 자넨 또한 어떠한 의견을 갖고 있는 것이겠지. 본래 비판을 하면 반드시 그 대안을 말해야 하는 법, 노량에서의 전투를 계획한 자네라면 필승의 방책을 알 터, 그러니 지금 이 자리에서 뭐가 잘못 되었고 어떠한 방책이 나은지 말해보겠는가?"

"……."

살짝 비꼬는 듯한 물음 앞에서 김한호는 여유 만만한 표정을 내보였다. 그는 일단 두 방책의 잘못 된 점부터 알리고자 하였다.

우선 이순신의 발언 허가부터 받았다.

"우선, 제 의견을 말하기에 앞서 두 방책의 잘못된 점부터 말하겠습니다. 장군."

"그렇게 하게."

발언 허가 직후 김한호는 청산유수와도 같은 말솜씨로 두 개의 의견을 비판하였다.

"첫 번째 의견에 대한 비판은 두 번째 의견에 모두 포함되어 있기에 두 번째 의견에서 잘못된 점만 이야기하도록 하겠습니다. 우선 기만을 위해 병력을 해체하신다고 하는데 해체한 병력이 다시 모이긴 힘들 것이며 설령 모인다고 하여도 소수의 병력들만 모일 것입니다. 그리고 그러한 병력으로 함대를 구성해 수로를 통해 공격한다 하면, 필히 강화도, 한강 입구에서 포격을 받아 엄청난 피해를 입고서 패퇴하게 될 것입니다. 이는 오히려 첫째 의견보다 좋지 못한 결과가 나올 수도 있습니다……."

"으음……."

김한호의 설명에 장수들이 고개를 끄덕였고 권준 또한 그 의견을 부정하지 않았다.

틀린 말은 없었다. 그에 동조하며 권준이 김한호의 대안을 물었다.

"좋다. 그럼 비판은 되었고 자네의 생각을 말해보라. 분명 그보다 더 좋은 생각이 있을 터!"

직후 김한호는 자신이 생각하는 전략들을 설명하기 시작하였다.

"우선 장계를 올리고 선전관을 풀어줘야 합니다. 현재

조선대혁명 240

선전관을 묶고 있는 것만으로 우리가 역적이 될 수 있는 구실이 있습니다. 그러니 선전관을 풀어주고 병력들을 더 불려야 합니다."

"병력들을 더 불린다?"

"예."

권준이 물었고 김한호가 답하였다. 곧바로 이순신이 김한호에게 질문을 하였다.

"전쟁은 끝이 났네. 때문에 우리가 병력을 유지할 수 있는 이유가 없네. 하여 어떤 명분으로 병력을 늘릴 것인가, 자네가 알고 있다면 이 자리에서 말해주지 않겠는가?"

이순신이 물음에 김한호는 주변 장수들을 돌아보며 말하였다.

"패퇴한 왜군은 휴전을 깨고 재침을 한 적이 있습니다. 그러니 재침을 막을 목적으로 당분간은 부대 해체를 할 수 없다. 그러니 병력을 늘인다고 보고하면 됩니다."

김한호의 답변에 입부 이순신이 미간을 좁히며 물었다.

"병력을 늘이는 것을 보아 자네의 뜻이 장기전에 있다고 여겨지네만, 부대 해체를 하지 않았단 구실로 관군들이 남하하면 우린 병력을 키울 시간조차 없는 것 아니겠는가?"

그리고 다시, 김한호가 미소를 보이며 여유 있는 답변을 내놓았다.

"목표는 장기전이 아닙니다. 제가 생각하는 것은 단기전, 애초에 병력을 키울 필요도 없습니다. 우리에게 정말로 필요한 것은 명분입니다."

"으음……!"

김한호의 설명에 장수들이 감탄을 함과 더불어 크게 공감을 하였다. 그런 그들의 반응을 보며 김한호가 설명을 덧붙였다.

"지금 여기 계신 분들은 백성들의 영웅이라 할 수 있습니다. 전쟁을 끝나자마자 영웅들이 반기를 든다? 백성들이 조정을 지지하진 않지만 우릴 지지하기도 힘든 일이 될 것입니다. 그러니 아예 조정에서 먼저 움직이게 만들어야 합니다. 그리고 그렇게 하면 역사와 백성들이 우리의 손을 들어주게 될 겁니다."

"역사와 백성이라……."

다시 한 번 김한호의 의견에 고개를 끄덕이며 동의를 표하고 있었다. 많은 장수들이 김한호의 의견이 최선이라 여기고 있었다.

그때 권준이 다시 김한호에게 질문을 던졌다.

그는 아직 김한호를 더 검증해야 된다고 여기고 있었다.

"그렇다면 이러나저러나 도원수 대감과의 대결은 불가

피할 터, 자넨 도원수 대감을 이길 계책이 있는가?"

그 물음에 김한호는 힘 있는 어조로 답하였다.

"이기려고 하면 많은 피를 흘리게 될 겁니다. 그러니 도원수 대감을 우리 편으로 끌어들여야 합니다."

"……."

병가에서 최선은 전투를 금하는 것이 최선이었다. 김한호는 그를 실천하려 하고 있었다.

최선에서 더한 최선이 있다면 그를 마다할 이유가 없었다.

다만 그 최선이 진정한 최선인지 판가름하는 것이 문제였다.

조선 육군의 수장인 도원수 권율을 끌어들인단 말에 권준은 굳은 표정을 지으며 물었다.

"정녕 도원수 대감을 우리 편으로 끌어들일 수 있단 말인가?"

"……."

그 물음에 김한호는 대답하지 않았다.

이순신이 대신하여 권준의 물음에 답해주었다.

"나와 이 청년이 직접 나설 것이네."

전쟁이 끝나고 수일 후, 개경 행안궁에 이순신의 장계가 올라왔다. 더불어 이순신에게 파견됐던 선전관이 도착하여 그간 있었던 보고들이 이연에게 전해지게 되었다.

행안궁에 마련 된 임시 평전에 대신들이 늘어서 있었고 세자 이혼이 회의에 참석하고 있었다.

이연은 선전관의 보고를 들음과 동시에 이순신의 장계를 전달받고 있었다.

"전하~ 이순신은 전하의 어명을 어기고 적들을 끝내 격멸하였나이다. 여기에 이순신의 장계가 있사옵니다. 전하~"

"장계를 보겠노라!"

"예~ 전하~"

이연의 명에 선전관이 이순신의 장계를 그에게 바쳐 올렸다.

스륵~ 슥~

받은 장계를 펼쳤다. 그리고 그 안에 담긴 내용을 찬찬히 읽기 시작하였다.

이연은 진노한 얼굴로 눈살을 찌푸린 채 한 자 한 자 빠짐없이 읽어 내렸다.

그 앞에 앉아 있던 이혼의 표정이 굳어지고 있었다.

신 이순신, 전하께 장계를 올리나이다.

신 이순신, 약관의 김한호를 만나 그에게서 적들을 격멸할 계책을 받았나이다. 하여 천하의 기재인 김한호의 전략대로 전술을 구사하여 십일월 십구 일 노량에서 적들을 격멸하였나이다.

아군의 전선은 삼도 수군 팔십삼 척, 명 수군 육십삼 척, 적들의 전선은 대략 오백여 척에 이르렀나이다. 신은 매복전과 기만술을 택하여 적들을 노량 앞바다로 끌어들여 적선 오백여 척 중 사백오십여 척을 분멸하고 사택랑고의 수급을 베었나이다. 하지만 적들의 선봉장이었던 소서행장과 도진의홍 등은 전황이 혼란하여 끝내 놓치고 말았나이다.

하여 신은 적들의 재침을 막기 위해 병력들을 증강시키고 그들을 훈련시켜 적을 맞이할 준비를 하겠나이다.

이순신의 장계를 모두 읽어 내렸다. 이연은 장계를 이혼에게 넘겼다.

"세자가 보도록 하라!"

"예… 아바마마……."

직후 그는 이순신의 장계를 비꼬듯이 말하였다.

"격멸하였으니 자신은 당당하다? 어명을 어기고도 어찌이리 당당할 수가 있단 말인가!!"

문체에서 조차 당당함이 뻗혀 나오는 이순신의 장계였다.

그를 보고 이연은 기 막혀 함과 더불어 크게 진노하고 있었다.

그 앞에서 윤두수가 이순신을 모함하였다. 그는 막 영의
정 직에 올라 조정의 모든 것을 쥐고 있는 상태였다.

"전하~! 이제 전쟁은 끝났고 병력을 키울 명분조차 없사
옵니다! 하온데 이순신은 헛된 명분으로 병력을 키우려 하
옵니다! 이는 필시 역심을 품지 않고선 할 수 없는 일이라
여겨지옵니다! 전하~!!"

"……."

윤두수의 모함에 이혼은 어이없어 하는 표정을 지었다.
더불어 이연은 귀가 솔깃하여 그에게 이순신을 제거할 명
분을 물었다.

"그렇다고 이순신을 파직시키면 그 또한 명분이 없는 것
이 아닌가? 앞서 과인의 명을 어긴 것들로 구실을 잡는다
하여도 이미 전쟁을 승전으로 이끈 결과들이 그 구실들을
상쇄시키고도 남을 터, 경은 이순신을 파직시킬 명분을 알
고 있는가?"

아예 대놓고 이순신을 제거할 방도를 물었다. 직후 세자
이혼이 입을 열어 이순신을 비호하고자 하였다.

"아바마마! 이순신은 아바마마의 충신이옵니다! 충신을
이렇게……!"

"세자는 조용하라!!"

"……!!"

이연의 일갈과 함께 이혼은 울상을 지었다. 반면 윤두수는 회심의 미소를 지으며 이순신을 제거할 모략을 전하였다.

"군사들을 평시 수준에 맞게 해체하라 하시옵소서. 그리고 그 명을 듣지 않을 시엔 도원수 권율로 하여금 그를 진압하면 될 것이옵니다~ 전하~!"

윤두수의 답변에 이연이 되물었다.

"만약에 내 명을 듣고 병력들을 줄이면 어떻게 할 것인가?"

그리고 다시 윤두수가 답하였다.

"절대 그럴 일은 없을 것이옵니다. 이순신이라는 자는 그 누구의 원칙도 아니고 오로지 자신의 원칙만을 지키는 꽉 막힌 자이옵니다~! 전하~!"

히죽.

윤두수의 대답과 함께 이연의 입가에서 비릿한 미소가 흘러 나왔다.

그는 윤두수가 전해준 명분으로 가상 정적을 제거코자 하였다.

"경들은 들으라! 이순신에게 군사들을 해체하라 명할 것이니! 이순신이 과인의 어명을 듣지 않고 어길 시에 그 죄를 물어 역모 죄로 다스릴 것이노라! 하여 말하노니! 도승지는 즉시 과인의 명을 담아 통제영과 조선 팔도에 알리도록 하라!!"

그로부터 이틀이 지났다.

왕이 견제하는 친우를 비호하려다 파직당할 줄 알았다. 하지만 정작 파직이 된 것은 전혀 다른 이유에서였다.

종전을 남기고 수일 전, 왜군의 퇴로를 막아 전쟁을 끝내지 않는 것을 구실로 왜군과 조선군이 결탁하여 명국을 친다는 헛소문이 돈 적이 있었다. 조정에 모든 신료들은 명국으로 향하길 꺼려 하였었고 그 안에 류성룡도 있었음은 당연한 일이었다.

류성룡이 속한 동인 속에서도 남인과 북인으로 갈리는 당파가 있었다.

거기에 류성룡은 남인에 속하는 이로서 남인의 수장이라 할 수 있었다.

때문에 그는 북인과는 협력을 하기도, 척을 지기도 하였었다.

동인 전체가 류성룡을 지지하는 것은 아니었으며 그러한 비지지층 중 정인홍이라는 자가 류성룡을 탄핵하였었다.

바로 조왜 연합 침공설을 명국에게 적극적으로 해명하여

들지 않는다는 이유에서였다.

덕분에 류성룡은 모든 것을 놓고 그의 고향 경상도 의성에 내려온 상태였다.

그는 고향집 저택에서 책을 보며 친구의 무사함을 기원할 뿐이었다.

'여해… 전하께서 자네를 경계하시네… 그러니 제발 전하의 진노에서 벗어나길 비네… 자네의 강직함이 내 심히 걱정스러우이…….'

"후우……."

하루하루가 한숨이었다. 책의 장을 넘기는 것 자체가 무겁게 느껴지고 있었다.

휘이이~

창문 틈새로 찬바람이 들어오고 있었다. 온돌의 따스함마저 얼어붙을 북풍이 불어오고 있었다.

자박자박자박!!

문 밖으로 요란한 발걸음 소리가 들렸다. 직후 종의 다급한 목소리가 울려 퍼졌다.

"대감마님! 대감마님!!!"

"……?"

직감으로 뭔가 불안한 일일 것이라 여겨졌다. 그러한 느낌 속에서 류성룡은 정자관을 쓴 채로 문 밖을 나섰다.

"무슨 일이냐?"

굳은 표정으로 물었다. 마당에 서 있던 종이 류성룡의 물음에 울상을 지으며 답하였다.

"어이구~ 대감마님~! 큰일 났습니다~!"

"큰일이라니……?"

"통제사 영감께서 큰일나셨습니다~! 대감마님~!"

"뭐, 뭣이 여해가?!!"

"예! 마님!"

종의 대답에 류성룡은 황급한 마음으로 저택을 나섰다.

그는 종을 따라 관아로 부리나케 향하였고 모여든 사람 사이에 끼어들어 관아 앞에 나붙은 방문을 읽어 내렸다.

삼도수군통제사 이순신이 과인의 어명을 거역하고 군사들을 불러 있노라. 전쟁이 끝났음에도 군사들을 불러는 것은 과인의 생각으로도 용납하기 힘든 바, 과인은 이순신이 백성들의 신망을 무기로 무엇인가 하려 하는 것은 아닌지 심히 의심스럽노라. 하지만 이순신의 공적 또한 진심이 될 터, 과인은 이순신이 승전을 이룩한 것을 감안해 그에게 군사를 보내고서 그의 맘을 확인하고자 하노라.

만약에 그가 역심을 품은 것이 확실하면 그를 칠 것이고 그가 역심을 품은 것이 아니라면 그를 재상에 올려 승전의 포상을 허하겠노라. 그러니 백성들은 어떤 심중한 사태가 되어도 혼란에 빠지는 일이 없도록 하여라.

　말인 즉, 역모가 확실하면 이순신을 죽이고 그게 아니라면 그를 의정 직에 올린다는 뜻이었다. 허나 그것이 본뜻이 아님을 류성룡은 알고 있었다.
　그는 왕이 이순신을 죽이기로 결심한 것이라 여겼다.
　그는 이순신의 처지를 크게 걱정하고 있었다.
　'여해! 이를 어찌하면 좋단 말인가!! 이 나라를 구한 영웅이 어찌하여 하루아침에 대역죄인이 될 수 있단 말인가!!'
　털썩.
　"크흑… 흐흐흑……!"
　주저앉아 눈물을 흘리고 있었다. 그런 류성룡의 모습을 사람들은 의아한 모습으로 지켜보고 있었다.
　조선 팔도강산에 방문이 나붙을 무렵, 전라도엔 폭풍전야와도 같은 고요함이 일고 있었다.
　팔도도원수(八道都元帥)의 깃발과 함께 삼도수군통제사(三道水軍統制使)의 깃발이 휘날리고 있었다.
　때는 1598년 음력 11월 28일이었다.

전라도의 각 관아에 방문이 나붙었고 쓰러져 가는 관아 대문 앞에 수많은 백성들이 모여들었다.

그들은 방문을 읽어 내리며 이런저런 이야기들을 나누고 있었다.

"뭐여? 그니께 우리 전하께서 우리 장군님을 의심한다는 거여 뭐여?"

"아따, 나라 지키겠다고 군사들을 유지하는 거라는데 너무 심한 거 아녀?"

"그러게 말여~"

이순신이 누구였던가, 바로 조선 팔도강산을 지키고 왜적들을 상대로 백전백승을 일궈낸 조선 최고의 장수, 백성들의 대장군이었다.

그런 그를 왕이 의심한다고 하니, 백성들 입장에선 그것을 결코 좋게 볼 수 없는 일이었다. 심지어 왜적들 앞에서 도망을 갔었던 조정을 내심 그가 뒤엎기를 바라고 있었다.

"무능한 왕 따윈, 우린 필요 없다 이거여. 누가 누굴 먼저 버렸는데 말이여. 거기에 잘 싸우고 계셨던 우리 장군님을 파직하는 바람에 또 한 번 크게 밀렸었잖여."

"어허~ 거 사람하고는… 말 조심혀! 경을 치를라고 작정한 거여……?!"

"뭐여? 내가 틀린 말했어……?"

대다수의 민심은 보지 않아도 훤하다 할 수 있는 상태였다.

모여든 사람들 근처에서 군병들의 행군이 이뤄지고 있었다.

척! 척! 척!

"……!!"

묵직한 걸음소리에 백성들의 이목이 집중되었다.

백성들은 놀란 표정으로 지켜보고 있었고 행여라도 큰일이 날까하는 심정으로 그들을 바라보고 있었다.

그때 백성들 눈앞으로 기수가 든 깃발의 글자가 스쳐지나갔다.

척! 척! 척!

"삼도… 수군… 통… 헉?!!!"

"뭐여? 뭔 글잔데 그렇게 놀라는 거여……?"

한자를 모르는 백성들이 궁금한 표정을 짓고 있었고, 그들 사이에 있던 초립(草笠)을 쓴 백성이 놀란 반응을 내보이며 글귀의 의미를 알려주고 있었다.

"수군이잖여! 이순신 장군님이랑께!!"

"뭐, 뭐여~?!"

척! 척! 척!

놀란 백성들 앞으로 삼도수군의 병사들이 행군하고 있었다. 그들은 저마다 무장된 상태로 북쪽으로 향하고 있었다.

그러기를 약 수 시간, 황폐한 호남평야에서 수군병들의 행군이 멈춰졌다.

휘이이잉~

차가운 북풍이 몰아쳤다.

황폐함으로 그득한 땅이 이순신이라는 글귀와 권율이라는 글귀에 나뉘어져 있었다.

'이순신과 함께 나라를 구한 위인이라더니, 병사들의 기세가 상상을 초월하구나… 저 병력들과 싸울 것을 생각하니 정말로 오금이 다 저릴 정도야……'

협상에 실패할 경우 피를 보게 됨은 당연지사였다. 그러한 생각으로 김한호는 이순신과 함께 나란히 서서 권율의 관군을 바라보고 있었다.

굳이 기세 때문에 커 보이는 것도 아니었다. 이순신의 병력은 5,000명, 권율의 병력은 5만 명이었다.

실로 10배 전력의 차이, 더군다나 이순신의 병력은 수전을 전공하여 권율의 육군보다 백병전에 불리한 이들이었다.

맞붙는다면 패할 확률이 크다고 할 수 있는 상태였다.

며칠 전, 명국의 수군이 회군할 때, 이순신에게 진린이 남겼던 말이 있었다. 이순신은 그를 떠올리며 길 너머의 권율의 진영을 바라보고 있었다.

'보아하니, 이제부터 통제사가 살려면 반란을 일으켜야 할 것이오. 그리고 그 결과는 패전으로 끝나게 될 것이 분명하겠지… 나 진린이 말하건대 여기에 와서 조선 수군에 빚진 것이 한두 가지가 아니오. 특히 통제사의 양녀의 친부, 황세득으로부터 너무나도 큰 빚을 지었소. 만약에 통제사가 능지처참 직전에 내몰린다 하더라도 난 기필코 통제사를 살리고야 말 것이오. 그러니 그때 통제사가 살아나면 통제사는 우리 대명국을 위해서 나와 함께 싸워주시오. 동북방이 심상치가 않소.'

패하더라도 자신과 황설영은 살아남을 것이라, 하지만 그 외 주변 인물들의 일은 분명 장담치 못 할 일이었다.

그 이전에, 싸우는 것 자체가 최선이 아니었다. 그러한 생각을 가진 이순신, 김한호에게 권율의 전령이 도착하였다.

"도원수 대감께서 얘기를 나누고자 하십니다."

"알았네……."

직후 이순신과 김한호가 황폐한 호남평야의 중심으로 향하였다.

다시 한 번 바람이 불고 있었다.

휘이이잉~

저벅저벅… 척.

두석린갑을 착용한 두 장수가 마주섰다.

김한호는 맞은편에 선 위엄 넘치는 장수를 바라보고 있었다.

'이 사람이 권율인가……?'

"……."

위엄과 함께 여유를 보고 있었다. 올곧은 이순신과 달리 유연성을 지닌 장수로 보이고 있었다.

그렇게 빤히 바라보며 역사 속의 영웅을 살피고 있었다. 그때 권율이 김한호를 훑었다. 그는 이순신에게 김한호의 신분을 묻고 있었다.

"곁의 청년은 누구요? 복장도 괴이한 것이 우리 조선 사람은 아닌 듯싶소?"

"일전에 전하께 장계를 올렸을 때, 김한호라는 청년이 계책을 짰다 하였소."

"허면, 그 청년이……?"

"맞소. 이 청년의 이름이 김한호라 하오."

이순신이 나서 김한호를 소개하였다. 직후 김한호는 권율을 향하여 허리를 굽혀 예를 갖추었다.

"김한호입니다. 장군님……."

"……."

인사와 함께 김한호의 행색을 권율이 다시 살폈다. 그는 머리 위에 쓰여진 특이한 투구 보았고 어깨에 메어진 조총 같은 것을 보았다.

그는 김한호가 예사롭지 않은 인물이라 여기고 있었다.

'복식 또한 다르고 어깨에 멘 조총조차 본 적 없는 무기다! 그 계책을 정녕 이 청년이 짠 것이라면, 이 전투, 결코 장담치 못하리라!'

애초에 전투 자체는 차선으로 두고 있었다. 최선은 전투 없이 이순신을 굴복시키는 것으로, 만약에 전투가 벌어지게 되면 양군은 크게 피해를 볼 것이라 여기고 있었다.

긴 말이 필요 없었다. 권율은 자신의 능력을 발휘하여 이순신을 구하고자 하였다.

표정에서 여유를 지움과 동시에 진중한 표정으로 이순신을 설득시키고자 하였다.

"단도직입적으로 말하겠소, 통제사."

"말하시오."

"항복하시오. 내 필히 전하께 주청하여 통제사와 통제사를 따르는 이들을 구할 것이외다!"

"……"

묵직했지만 거의 애원하다시피한 말이었다. 그러한 권율의 권유 앞에서 이순신은 의미심장한 미소를 지었다.

"불가하오. 전하께선 날 반드시 죽여 전하께 대한 정치적인 위협을 반드시 없애려 하실 것이오."

"그렇다고 이렇게 반란을 일으키는 것은 아니지 않소… 난 영웅이 반란 수괴가 되는 것을 원치 않소……."

"……."

이순신의 답변에 권율이 안타까움을 드러내었다. 그 앞에서 이순신은 자신의 등 뒤에 선 병력들을 살피고 있었다.

슥…….

"……."

5천에 이르는 병력이 있었다. 그리고 그 너머 남쪽에 자신을 따르는 수많은 백성들, 황설영이 있었다.

잠시 눈을 감으며 생각에 잠겼다. 직후 이순신은 김한호에게 눈빛을 보내며 미래에 있을 이야기들을 전하라 하였다.

전쟁이 종결된 날, 이순신에게 조선의 역사를 말했던 적이 있었다. 김한호는 그를 권율에게 알리고자 하였다.

"호위 장수들을 물려주시겠습니까? 이제부터 제가 할 이야긴 장군님께선 상상도 못했던 이야기가 될 것입니다."

"무, 무어라……?"

기 하나 죽지 않고 말하는 김한호의 모습에 권율은 어이없는 표정을 지었다.

그 앞에서 이순신은 진중한 자세로 권율에게 호위 장수를 물릴 것을 청하였다.

"호위 장수를 물려주시오. 이제부터 할 이야기는 우리가 무덤에 들어갈 때까지 절대 발설해선 안 될 이야기가 될 것이오."

"……."

이순신의 청에 권율은 한동안 깊은 고민을 하다 호위 장수에게 진영으로 돌아갈 것을 명하였다.

"자넨 진영으로 돌아가 기다리게."

"하, 하지만 장군……!"

"어허, 돌아가란 이야기가 들리지 않는가?!"

"아, 알겠습니다… 그럼……!"

척!

한 번 불복했던 장수가 권율에게 예를 갖추며 물러났다. 이후 그는 권율의 명을 따라 5만 대군 사이 틈 안으로 들어가 걱정스런 마음으로 권율을 지켜보기 시작하였다.

주위엔 김한호와 이순신, 권율밖에 없었다. 환경이 갖추어지자 권율은 김한호에게 하고 싶어 하는 이야기를 하라며 재촉을 하였다.

"들을 사람은 없네. 그러니 말하게. 나에게 할 말이 무엇인가……?"

직후 김한호는 하늘을 한 번 올려다보며 역사 왜곡에 대한 죄책감을 지워냈다.

그리고 김한호는 권율에게 미래 조선의 이야기를 말하기 시작하였다.

그것은 이순신과 김한호만이 알고 있는 충격적인 이야기들이었다.

  "앞으로 30년이 더 지난 후, 여진족이 청나라를 세우고 명나라를 공격할 것입니다. 그때 명나라 편에 섰던 조선을 침공하여 조선이 패하게 됩니다."

  "…무, 무어라……?"

  어리둥절한 표정을 지었다. 권율 앞에서 김한호는 계속해서 예언을 이었다.

  "조선의 왕은 청나라에게 삼배구고두례를 올리고 청나라의 신하가 될 것입니다. 조선은 청나라의 속국이 됨과 동시에 인질 명목으로 수많은 백성들을 보내고 수많은 아녀자들을 보냅니다. 이후 300년 정도 지나 조선은 왜국의 식민지가 되어 왕조가 완전히 멸망하게 될 겁니다……."

  "……."

  일제에 지배 될 때까지의 역사를 대강 나열하였다. 권율은 할 말을 잃은 채 김한호를 바라보고 있었다.

  "……."

  그러다 검을 뽑아 들며 김한호의 목을 베려 하였다.

  스릉~!

  "감히! 그딴 망발을 하고서 살아남을 것 같으냐?! 오냐! 내 친히 너의 목을 베어주마!"

  그리고 권율의 검격이 이순신의 강검에 의해 막혔다.

휘익~ 챙!

"……!!"

입가가 씰룩였다. 권율은 자신의 검격을 막은 이순신을 노려보고 있었다.

"통제사… 설마 이 미친 청년의 말을 믿는 것이오……?!"

그런 권율 앞에서 이순신은 김한호에 대한 깊은 신뢰를 보이고 있었다.

"도원수도 믿게 될 것이오! 이 청년이 하는 말은 예언이 아니라 바로 우리의 역사요!"

"뭐, 뭣이?! 역사……?!"

역사라는 말에 권율이 눈썹을 움찔 거렸다. 그때 권율의 검을 이순신이 힘을 다하며 밀어냈다.

쟁!

"큭!!"

"후우~ 후우~"

뒷걸음질과 함께 심호흡이 일었다. 그와 동시에 이순신이 김한호의 정체를 밝혔다.

"이 청년은 조선 사람이 아니외다. 바로 조선을 이은 나라 대한민국. 미래 조선에서 온 청년이오……."

"……?!"

충격이 일었다. 더불어 깊은 불신감이 일었다.

권율은 들고 있던 검을 내리며 어이없다는 식으로 말하

였다.

"조선 최고의 장수가, 이런 말도 안 되는 말 따위를 믿을 수 있단 말이오, 통제사!! 여태까지 정말 통제사를 잘못 봤었소이다!"

"……."

권율의 호통 앞에서 이순신은 그저 묵묵히 서 있을 뿐이었다.

슥…….

"돌아가겠소! 싸울 준비를 하시오! 이 자리에서 통제사를 베지 않음은 그간 통제사에 대한 내 마지막 존경심이 될 것이오! 그러니 전장에서 보도록 하오!"

권율이 돌아섰다. 그리고 김한호가 그를 상대로 도발을 하였다.

"아직 이야기가 안 끝났는데 어딜 가시는 겁니까?"

"……?"

"이후의 이야기도 있습니다. 이 나라를 지배하게 된 왜적에게 백성들이 산 채로 배가 갈리고 수십만의 아녀자들이 능욕을 당하게 되지요. 그리고 왜적이 일으킨 전쟁에 강제로 끌려가 그들을 대신하여 싸우게도 됩니다. 그리고 그 이후의 이야기도 있는데 그것마저 듣지 않고 가시면……."

말이 끝나기 전이었다. 돌아서서 관군 진영으로 향하

던 권율이 즉시 검을 뽑아들며 김한호에게 달려들려 하였
다.

스릉!

"정녕 이 나라 조선을 욕되게 하는 것인가!!"

눈 뒤집힌 채로 몸을 돌려세웠다. 그때 자신을 겨누고 있
는 김한호의 조총을 확인하였다.

척!

"……?!"

온몸이 굳어졌다.

먹구름 낀 하늘 아래에서 천둥소리가 울려 퍼졌다.

탕!!

그리고 권율의 검이 부러졌다

깡! 휘익~ 푹!!

"……!!!!"

권율이 선 자리 옆 땅 위로 총탄에 의해 부러진 검날이 박
혀 있었다.

김한호는 부러진 검날 쪽으로 총구를 돌리고서 연발로
조정간을 놓고 방아쇠를 당겼다.

따다다다당~!! 따다다당!!!

까강! 쨍! 퍽!!!

검날이 산산조각 났다. 그리고 또 하나의 탄창이 소진되
었다.

그렇게 30여 발의 탄창을 소진한 후 김한호는 조준 자세를 풀어 올곧은 자세를 취하였다.

두두두두두두~!

다급히 달려오는 발걸음 소리가 울리고 있었다. 이순신의 수군과 권율의 군사가 일제히 달려오고 있었다.

수백 미터 가량의 거리를 뛰어오는 데엔 그리 오랜 시간도, 그리 짧은 시간도 걸리지 않을 거리였다.

병사들이 달려오고 있는 사이, 김한호는 탄창을 분리시키고 권율에게로 소총을 던져다 주었다.

휙~ 덥석.

"무, 무슨 속셈이냐……?"

던져진 소총을 받으며 권율이 물었다. 직후 김한호는 중한 표정을 내보이며 진실 된 말투로 답하였다.

"측면을 보십시오. 미래에서 한글이라 말하는 언문이 새겨져 있습니다."

"언문……?"

두려움과 함께 의심스러운 눈초리로 K-2 소총의 겉면을 훑었다.

권율은 총 측면에 새겨진 글자를 확인하며 대한민국이라는 글귀를 머릿속에 새겨 넣었다.

'대한…민국……?!'

동시에 그를 보고 놀란 토끼눈을 하였다. 그 앞에서 김한호가 적의 없는 말투로 말하였다.

"아직 이야기가 끝나지 않았습니다. 더 들어보시겠습니까?"

"……."

처척! 처처척!

김한호와 이순신, 권율을 사이에 두고서 5만 5천에 이르는 병사가 두 무리를 지은 채 서로에게 검과 창, 활을 겨누었다.

그사이에서 권율은 K-2 소총을 든 채 가만히 서 있을 뿐이었다. 그저 진실성이 담긴 김한호의 두 눈을 바라볼 뿐이었다.

새하얀 눈이 내리고 있었다.

그로부터 사흘 후였다.

팔도 도원수(八道 都元帥) 권율이 5만 병력을 끌고 남하한지 나흘, 이연은 이순신의 수급이 오기만을 기다리고 있었다. 그는 한층 편해진 조정 분위기 속에서 갖은 정무를 다하고자 하고 있었다.

"이제 전쟁이 끝났으니, 그 백성들의 삶을 복구시킬 방도를 생각해야 한다 하노라. 하여 전국각지에 호구 조사를 실시하여 세수를 확인토록 하라! 세수가 확인되면 다시 의논하여 백성들의 삶을 복구시키겠노라~!"

"명 받들겠나이다~ 전하~!"

머리를 조아리는 대신들 앞에선 그래도 이래나 저래나 일단은 왕이었다.

나름 나라를 이끌고 가려 하는 의지를 지닌 왕이었고 나름 백성들을 위해 무언가라도 해보려고 하는 왕이었다.

단지 시기심이 많고 가끔 판단력을 잃을 뿐이었다. 그리고 그 부분이 가장 안타깝기도 한 부분이었다.

정무가 끝난 이후 이연은 행안궁 안채로 향하였다. 그리고 그 곳에서 윤두수를 불러 가벼운 차 한 잔을 마시기 시작하였다.

쓰읍~

따뜻한 차 한 모금으로 목을 축임과 더불어, 자신이 상상하는 미래 조선의 모습을 윤두수에게 설명하고 있었다.

"이제 우리 조선은 강국이 될 것이네. 나 이연이 백성들의 삶을 편안케 하고 군사를 길러 진정한 부국강병을 이룰 것이야. 또한, 한양의 궁궐을 다시 짓되, 더욱 크게 웅장하게 지어서 이 나라 조선의 위엄을 바로 세우고 말 것이네. 하하하하~!"

더불어 그 앞에 앉은 윤두수는 선조에게 아부를 떨며 신임을 얻고자 하였다.

"전하시라면 필히 이루시리라 생각하옵니다. 이날 이때 껏 많은 책을 읽었사온데 전하만큼 뛰어난 성군을 뵌 적이 없사옵니다. 전란을 승전으로 이끄신 만큼 분명히 그러한 미래도 이루시리라 생각하옵니다."

"그렇다네! 분명히 가능할 것이네! 내 곁에 경과 같은 이 가 있는데 뭐가 불가능하겠는가? 그렇지 않은가?"

"전하의 수족이 되어 전하를 편케 하겠나이다."

"맘에 드는 이야기로고, 하하하하~!"

행안궁에서 이연의 웃음소리가 연신 퍼지고 있었다. 그 때 행안궁 안채 문 앞, 상선(尙膳)의 목소리가 울려 퍼졌 다.

"전하~ 좌찬성 윤근수 대감입시이옵니다~"

"들라하라."

"예 전하~"

이연의 명이 있은 직후, 문이 열리며 기쁨이 듬뿍 담겨진 발걸음 소리가 일었다.

윤두수의 동생 윤근수가 경쾌한 발걸음을 하고 왔다. 그 는 이연 앞에서 예를 갖춘 뒤 싱글벙글한 표정으로 자리를 잡고 않았다.

윤근수의 입꼬리를 보며 이연이 환한 표정을 지었다.

"뭔가 좋은 소식이 있나 보군, 그렇지 않은가?"

그의 물음 직후 윤근수는 함지박만한 미소를 내보이며
답하였다.

"이순신이 사로잡혔사옵니다! 전하~!"

"이, 이순신이?! 정녕 사실인가?!!"

"예! 전하! 지금 막 돌아온 도원수가 그리 전하였사옵니
다."

"오오~! 도원수가~!!! 그가 결국 해냈나보군!!"

감동하다 못해 아예 눈물을 흘리고 있었다. 그런 이연에
게 윤두수가 감탄을 하며 말하였다.

"이 나라 최고의 장수는 앞으로 이순신이 아니라 권율이
될 것이옵니다! 전하!"

"될 것이 라는 것은 또 무슨 소리인가?! 애초부터 이순신
이 아니라 도원수 권율이 이 나라 최고의 장수인 것이야!!
이순신은 과인에게 반역을 일으킨 죄인일 뿐이네!"

"그러하옵니다! 전하!"

"하하하하~!!"

다시 한 번 웃음소리가 터졌다. 동시에 행안궁 지붕마저
무너질 천둥소리가 울려 퍼졌다.

쾅!! 콰쾅!!

쿠쿵! 쿠쿠쿵!!

"……?!!"

천둥소리이기보단 포성에 가까운 소리였다. 그리고 그

소리에 이연이 당황한 기색을 내보였다.

"이, 이게, 도대체 무슨 소리인가……?"

"시, 신이, 알아보겠나이다!"

직접 밖의 상황을 알기 위해 윤두수가 자리에서 일어섰다. 그때 행안궁 안채의 문이 열어젖혀지며 두정갑을 착용한 장수가 뛰어 들어왔다.

드륵~!

"전하!! 전하!!"

이연이 놀란 표정을 지으며 다급한 질문을 하였다.

"도대체 무슨 일이 일어난 겐가?!"

직후 급박한 보고가 이연에게 전달되었다.

"개경이 공격 받고 있사옵니다!!"

모진 고문을 당한 뒤 백의종군을 하였었음에도, 주저하지 않고 전장으로 나아가 나라를 지켜냈었다.

조선이라는 조국을 위해, 그리고 조선의 백성들을 위해 13척의 전선으로 300여 척이 넘는 왜선을 격파하였었다.

그리고 끝내 전란에 휩싸였었던 나라를 구하고 전쟁을

끝내며 승전을 올렸었다.

그랬던 그가 옥(獄)으로 이뤄진 수레에 실려 개경의 관군들에 의해 압송되어 가고 있었다.

덜덜덜덜~

반쯤 무너진 성문 안으로 수레가 이끌려 들어가고 있었다. 성문은 열려 있었고 공성전을 펼친다면 더없이 좋은 기회라 할 수 있었다.

슥…….

성문 앞에 서 있던 장수가 팔을 번쩍 들어올렸다. 그와 더불어 검광이 번뜩이니 성문 앞에서 경비를 보던 이들의 목들이 단숨에 떨어져 나갔다.

채챙! 촥!

털썩!

"이 무슨!!"

촤악~!!

초병들이 죽자, 당황하였던 무관이 목 없는 귀신이 되었다.

개경의 남문이 점령되었고 손을 들며 기습을 펼쳤던 장수가 남쪽을 향하여 팔을 휘저었다.

휙~ 휙~

그로부터 약 10여 분, 1,000기에 이르는 기병이 매복에서 벗어나 전력을 다하여 성문을 통과했다. 그와 더불어 1

만 명이 넘는 권율의 군사가 남문을 통과하여 무혈로 개경에 입성하였다.

두두두두두~!!

"성문들을 점령하라!! 성 밖으로 그 누구도 빠져나가지 못하게 해야 한다!!"

"통제사 영감을 구하라!!!"

팔도 도원수의 군대, 그들의 목표는 오직 세 가지였다.

하나는 위장으로 포박되어 압송된 이순신을 구하는 것, 또 하나는 성을 포위해 그 어떤 이들의 탈출도 막을 것, 마지막으로 조선왕 이연과 세자 이혼, 그리고 신하들을 붙잡아 혁명의 과업을 완수하는 것이었다.

성 외곽 숲 속에 4만에 이르는 군사들이 있었고 그들은 개경 내가 소란스러워짐과 동시에 개경을 삽시간에 포위하여 개미새끼 한 마리도 빠져나가지 못하게끔 하였다. 그리고 1,000기에 달하는 기병과 성 내로 진입한 1만 병력들에 의해 이순신이 구조되었다.

옥으로 이뤄진 수레 안에서 이순신이 풀려났다. 그는 입부 이순신이 건네준 검을 받으며 김한호와 권준의 위치를 물었다.

"김한호는 어디로 향하였는가?"

"계획대로 병력들을 이끌어 전하께로 향하였습니다."

"권 수사는?"

"권 수사는 도원수 영감과 함께 개경 내의 대신들을 구금하러 향하였습니다. 장군."

"음……."

보고를 들은 즉시 이순신은 결연한 표정으로 고개를 끄덕였다. 그리고 발걸음을 옮기기 시작하였다.

"전하께 가세. 그분과 마지막 담판을 지어야겠네."

묵직한 발걸음들이 행안궁으로 향하였다. 행안궁을 향하는 사이 이순신은 개경 주민들로부터 당혹스런 시선을 받고 있었다.

"이게, 뭔 난리야……!"

"세상에 웬 군대야? 전쟁이 끝나자마자 누가 반란을 일으킨 거야……?"

"말조심해… 경 칠 일 있어……?!"

군사들의 통제 아래에 주민들은 안전한 상황에서 이순신을 구경하고 있었다. 그들은 앞에 있는 이가 이순신인지도 모르고 있었다.

그렇게 착잡한 심정으로 이순신이 행안궁으로 향하고 있었다.

그리고 그는 곧 이연을 만날 수 있었다.

"놓치지 마라!! 반드시 잡아야 한다!!"

"여기다!! 여기에 있다!!!"

군병들의 외침이 울려 퍼졌다. 더불어 행안궁 북쪽 뒷길에서 이연과 그를 따르는 이들이 삽시간에 포위되었다.

"이 일을 어찌해야 한단 말이냐!! 어찌해야……!!"

"시, 심려 놓으십시오, 전하!! 신이 길을 뚫겠나이다!!"

공포에 질리긴 이연, 윤두수, 호위무장들까지 모두 매한가지였다.

그들은 겁에 질린 모습으로 군병들 사이에서 이리저리 몸을 돌려대고 있었다.

그때 그들을 포위한 병사들 사이에서 묵직한 발자국 소리가 울려 퍼졌다.

저벅… 저벅…….

그들 앞에 행색 괴이한 청년이 모습을 드러내었다. 그는 조선 최고의 장수들이 반역을 일으키게 한 장본인이었다.

그런 그가 위협적인 말투로 무장을 해제하라 말하였다.

"검을 내려놓으십시오. 몸에 구명을 만들기 싫으면 말입니다."

그 앞에서 말을 곧이곧대로 들을 윤두수, 그리고 호위무장들이 아니었다. 그들은 자신들의 목숨도 장담 못하는 상황에, 기세 좋은 말투로 언성을 높였다.

"이 분이 누구신지 아고 있는 것인가?!! 이분은 이 나라

의 지존! 주상 전하다!! 어서 무릎을 꿇고 용서를 구하지
못할까?!"

"감히 이 검에 피를 묻히고 싶은 게로구나!!!!"

원래 약한 개가 더 크게 짖을 일이었다. 그런 그들을 보
며 김한호는 목소리를 낮게 깔아내었다.

"마지막 경고입니다. 다치기 싫으면 그 검, 내려놓으십
시오……."

"무, 무어라?!"

마지막 경고에 윤두수가 다시 언성을 높였다.

"지엄하신 전하 앞에서 그딴 망발을 하고도……!!"

"지엄은 개뿔……."

"……!!"

말이 끝나기도 전에 김한호가 윤두수의 말을 씹어 먹었
다. 직후 김한호는 소총을 견착하여 소총으로부터 불꽃을
터트렸다.

땅!! 따당!!

"큭!!"

"으윽!!"

챙그랑!

호위무장들의 허벅다리에서 핏물이 배어 나왔다. 그들
의 다리를 향해 조준 사격한 김한호는 즉각 자세를 풀고서
주변의 병력들에게 명령을 내렸다.

"모두 포박하십시오. 행안궁으로 향할 것입니다."

"옛!!"

상명하복에 병력들이 분주한 움직임을 보이며 이연과 윤두수, 쓰러진 호위무장들을 포박하였다.

김한호는 쓰러졌던 무장들의 다리 상태를 확인한 후 다리 빼고 온몸이 포박된 이연에게로 향하였다.

역사속의 선조(宣祖)와 미래에서 온 청년이 대면하는 때였다.

"……."

그저 말없이 바라보고 있었다. 그저 말없이 내려다보며 안타까운 조선왕의 모습을 보고 있었다.

그 앞에서 이연은 혹시나 하는 생각으로 그의 이름을 물었다.

"네가… 김한호인 것이냐……?"

그 물음에 김한호는 나지막한 말투로 답하였다.

"예… 맞습니다……."

"……."

이연이 볼 땐 고작 만 20세에 불과할 것 같은 모습이었다. 그 모습에 이연은 어이없어하는 반응을 내보였다.

"장계에 담긴 이름을 보고 40이 넘는 장수라고 여겼는데, 이제 보니 약관에 막 들어온 청년이 아닌가!! 공명이 약관에 현덕공을 도와 과업을 이룬 것처럼, 이순신을 도와 과인마저 사로잡는군!! 거기에 전쟁마저 끝냈으니 이것이야말로 최고의 장수! 최고의 군사가 아닌가?!! 하하하하!!"

눈을 글썽이며 그간 가졌던 한을 드러내고 있었다. 마치 자신에겐 그런 인물이 왜 없었느냐고 따지는 듯한 모습이었다.

그 앞에서 김한호는 싸늘한 표정을 짓고 있었다.

"이 나라 최고의 장수는 누가 뭐래도 통제사 이순신입니다! 그리고 옳을 소릴 했다는 이유로 백의종군 두 번에 모진 고문까지 당하였음에도! 전쟁이 끝나는 그 순간까지 전하께 대한 충심을 버리지 않았던 충신이었습니다!! 헌데 어찌하여 버린 것입니까?! 어찌하여 공명 따윈 상대도 될, 위대한 장수를 버린 것입니까?! 그렇게나 백성들에게 찬양을 받고 싶었습니까?!!"

"……"

김한호의 외침에 이연은 침통한 표정을 짓고 있었다.

슥.

고개를 돌렸다. 김한호는 윤두수에게로 고개를 돌려 크게 외쳤다.

"백성들의 삶은 안중에도 없이, 오로지 권력욕만 탐하여 나라마저 버리려 했던 그 모습을 잘 알고 있습니다! 마음 같아선 이 자리에서 목을 따버려도 시원찮지만, 앞으로의 모든 결정을 우리 장군님께서 하신다기에, 장군님 앞에서 사죄를 하든, 용서를 빌든 하십시오……!"

윤두수에게 역사에 담긴 한을 풀었다. 그 한 앞에서 윤두수는 자신을 죽이라 요청하였다.

"이순신 앞에서 할 게 무에 있겠는가!! 지금 이 자리에서 나의 목을 베어주게!! 난 이 나라를 망친 장본인이니!!"

그 앞에서 김한호는 살기 어린 표정으로 말하였다.

"맘대로 죽지 못할 것입니다. 살아 남겨 가장 큰 고통을 드릴 테니 그렇게 아십시오……!"

"……!!"

직후 그는 주위의 병력들에게 행안궁 궁내로 포로들을 이끌 것을 명하였다.

"끌고 가십시오!!"

그로부터 10여 분이었다.

행안궁 안채 앞마당에 포박된 대신들이 줄지어 서 있었다.

대다수는 서인… 즉, 이순신을 상대로 모함을 저질렀던 이들이었고 그 안에 윤두수와 윤근수가 포함이 되어 죽을 시간만을 기다리고 있었다.

전쟁이 끝나 평화가 찾아올 것이라는 것과 다르게 폭풍과도 같은 시간이 흐르고 있었다. 조선왕 이연과 세자 이혼이 있는 가운데 그 주위를 이순신과 권율의 병력들이 둘러싸고 있었다.

곧 패주가 될 것임에도 이연은 아직 왕으로 대접받고 있었다.

행안궁 안채 대청에 이연과 이혼이 서 있었고 그 앞 아랫마당에 권율과 이순신이 서서 두 사람을 올려다보고 있었다.

이순신과 권율의 장수들이 검을 빼 든 채로 이연 옆을 지켜내고 있었다.

그 앞에서 이순신과 권율이 엎드려 절하니 두 사람은 이연에게 마지막 충성심을 내보이고 있었다.

그러면서 이연에게 양위를 하여달라 요청을 하였다.

"전하… 대의를 위해 세자 저하께 양위를 하여 주시옵소서……!!"

"……."

눈물이 하염없이 흘러내리고 있었다. 이연은 통곡을 하며 하늘을 올려다보았다.

구름 한 점 없는 맑은 하늘이 보이고 있었다. 추운 겨울이 지나가면 곧 따뜻한 봄이 찾아오리라 여기고 있었다.

'모든 것이 내 탓이로구나!! 내가 아둔하여 나의 목을 졸

라맸구나!!'

충신의 마음을 살피지 못해 충신을 역적으로 내 몬 자신을 한탄하였다.

모든 힘을 잃을 잃었다. 힘없는 권력을 지녀봐야 아까운 목숨들만 잃게 될 일이었다.

선택의 여지가 없었다. 이연은 이순신과 권율의 청대로 세자 이혼에게 왕위를 물려줄 수밖에 없었다.

"경들의… 뜻을 받아… 과인이 세자에게 왕의 위를 물리겠노라…….."

"전하~!! 전하~!!!!!"

"아바마마~!! 아바마마~!!!!!"

포박되어 있던 대신들과 이혼이 눈물을 쏟으며 울부짖었다. 그 앞에서 하얀 소복의 이순신과 두석린갑의 권율이 부복하였다.

"성은이 망극하옵니다~!!"

이순신과 권율의 외침이 울려 퍼졌다. 더하여 그 주변에 있던 전 병력들이 고개를 숙이며 예를 표하였다.

이연의 곤룡포는 병사들을 통해 내관들에게 전해졌다.

왕의 위를 벗어던진 이연은 하얀 소복의 차림을 하고서 마당으로 내려가 조선을 위기에 빠트렸던 죄인이 되었다.

이혼이 구슬피 울고 있었다.

"아바마마… 아바마마…….."

그런 이혼에게 한 병사가 상소문을 건네주었다. 상소문엔 이연을 상왕에서 폐하라는 내용이 있었고 그를 본 이혼은 대성통곡을 하며 노성을 터트리고 있었다.

"이 어찌 불효란 말인가… 차라리 나를 죽이고 역성혁명을 이루란 말이다아……!!!"

"…….."

한스러운 외침 앞에 이순신과 권율은 착잡한 마음을 내보이고 있었다. 그 곁에서 이연은 슬픈 미소를 내보이며 말하고 있었다.

"주상… 부디, 성군이 되시오! 내 비록 가까이서 볼 순 없으나… 죽는 그 날까지 주상이 성군이 되길 바랄 것이오……!"

"크흐흑… 흐흑……!"

눈물바다 속에서 이연은 상소에 담겨진 내용대로 명을 내리기 시작하였다.

울음 섞인 목소리가 떨리고 있었다.

"나라를 위태롭게 한 죄로… 사, 상왕을 폐할 것이며… 폐상왕을 하성군으로 강등시킬 것이노라… 그리고 하성군을 함경도 청진으로… 유배토록 하라……!"

"성은이 망극하옵니다!!"

이순신과 권율이 다시 부복하였다. 직후 그들의 군사들

에 의해 하성군으로 폐해진 이연이 압송되어 나갔다. 더불어 임진왜란을 겪으며 그 어떤 왕들보다도 힘든 시절은 보낸 왕의 시대가 막을 내렸다.

선조(宣祖) 이연은 그렇게 역사의 뒤안길로 사라졌다. 그리고 역사는 김한호에 의해 완전히 뒤틀리고 있었다.

때는 1599년 음력 1월 1일이었다.

이상향을 펼치다

　햇살이 비치는 작은 기와집이 있었다. 담벼락이 무너질 듯한 허름한 기와집엔 조선을 구한 영웅이 거하고 있었다.

　유일한 자아를 증명해줄 빨간 명찰이 있었고 그 아래에 무늬가 화려한 군복이 놓여 있었다.

　슥······.

　아련한 손길이 흘렀다.

　조선 최고의 장수 이순신을 구한 영웅 김한호는 자신의 군복을 쓸며 조선 시대에서의 삶을 다짐하고 있었다.

　'미래의 불행은, 모두가 구한말의 역사에서 시작되는 일이다··· 그러니 이곳에 내가 있는 이상! 그와 같은 역사가

되풀이되진 않을 것이다!!'

핵전쟁을 동반한 2차 남북전쟁이 있었다. 그리고 그러한 환경을 제공한 광복 후의 분단, 일제의 식민 지배가 있었다.

모든 원인은 구한말의 외침으로 인한 것이었다. 때문에 그를 막아낸다면 조선의 역사 또한 크게 바뀔 일이었다.

더 이상 미래로 갈 이유 따윈 없었다. 오로지 발을 딛고 서 있는 그곳, 김한호가 숨을 이어가는 조선 시대 만이 그가 살아갈 장소였다.

모든 것을 잃고서, 살아야만 하는 이유, 삶의 목표를 세웠다. 그 목표는 그 어떤 나라에도 밟히지 않을 위대한 나라, 강대한 한민족, 대한의 나라였다.

사악~ 사악~

옷자락 스치는 소리가 일었다. 붉은색의 조복(朝服)이 김한호의 몸에 알맞게 걸쳐졌다.

짧은 머리카락 위로 금관이 씌워졌다. 모든 준비를 끝낸 김한호는 안방의 문을 열고 나가 검은 신발 흑피혜(黑皮鞋)를 신었다.

무거운 발걸음이 일었다.

저벅저벅.

기와집을 나와 이혼이 기거하는 개경 행안궁으로 향하였다.

조촐한 즉위식이 있었다. 개경 행안궁 앞에서 즉위식이 치러지고 있었고 백관들과 병사들의 함성소리가 울려 퍼지고 있었다.

"천세! 천세! 천천세!! 천세! 천세! 천천세!!"

"……."

협박에 못 이겨 왕위에 오른 이혼은 슬픈 눈빛을 하며 이순신과 권율, 김한호를 바라보고 있었다.

자신을 불효자로 만든 원수들, 그 이상 그 이하도 아니었다. 그러나 자신에게 힘이 없음을 알기에 그들을 따를 수밖에 없다는 사실을 놓고 크게 원통해하고 있었다.

그렇게 수 시간에 걸쳐진 즉위식이 끝났다. 즉위식이 있던 그 날엔, 전란이 막 끝났다는 이유로 음주가무도 없이 하룻밤이 흐르게 되었다.

곧바로 다음 날 행안궁에서 정무가 펼쳐졌다. 임시 용상에 곤룡포를 입은 이혼이 앉았고 양옆으로 관복을 입은 조선의 주요 대신들이 줄지어 늘어섰다.

권율과 이순신의 반정으로 윤두수와 윤근수를 비롯한 대신들이 대거 투옥 된 상황이었다. 때문에 비좁은 행안궁 임시 편전조차 그 넓이가 넓게 보일 지경이었다.

"후우……."

이혼의 입에서 한숨이 절로 나오고 있었다. 이혼은 텅 빈 편전을 보며 이순신과 권율에게 증오심을 내보이고 있었다.

"전란이 끝난 뒤, 해야 할 일이 산더미 같이 많은데 조정을 이 지경으로 만들어서 참으로 좋으시겠소……."

말투 자체가 신하에게 대하는 말투가 아니었다. 그렇게 비꼬는 이혼 앞에서 감히 발자국을 내미는 이가 있었으니 그는 바로 막 조정에 입조한 김한호였다.

이혼의 뜻으로 관직을 받은 것이 아니었다. 때문에 그를 향한 일부 대신들의 시선은 날카로울 수밖에 없었다.

그 앞에서 김한호가 관직 임명록을 이혼에게 건넸다. 그를 보며 이혼이 노기를 품은 채 물었다.

"이것이 무엇인가……?"

이혼의 물음에 김한호가 결연한 표정으로 말하였다. 그는 자신이 알고 있는 궁중예법 어투에 최대한으로 말투를 맞추었다.

"전란 기간에 나라를 어지럽혔던 이들을 파직하고 그 자리를 대신할 이들의 직책 임명 목록이옵니다."

"직책 임명 목록이라……?"

"예. 전하……."

"……."

보나마나 이순신과 권율, 그리고 자신의 눈앞에 서 있는 김한호가 직접 작성하였을 것이라 이혼은 여겼다.

촤락…….

첩을 펼쳤다. 그 안에 이혼 앞에 서 있는 이들의 관직이 쓰여 있었다.

제일 위엔 영의정이 있었고 그 아래엔 좌의정을 비롯한 각종 조(曹)의 직책이 있었다.

직책 옆엔 그 직책을 담당할 이들의 이름이 있거나 아예 공란으로 비워진 부분도 있었다. 그를 보며 이혼이 김한호에게 물었다.

"이름이 비어 있는 직책은 누가 맡을 것인가……?"

"조만간 그 직책에 어울리는 이들이 맡게 될 것이옵니다."

"과인의 아비를 사로잡은 경의 사람이겠지……?"

"…….."

연신 독설이 날아들고 있었고 그 앞에서 김한호는 눈 하나 깜짝하지 않고 서 있었다.

당당한 모습에 더욱 분노의 불길이 치솟았다. 그러나 자신은 힘없는 왕, 자신의 행동으로 말미암아 죽을 이도 많았고 살 이도 많은 상태였다.

분노를 죽이고서 눈길을 옮겨 첩을 읽기 시작하였다. 맨 위에 위치한 영의정부터 천천히 읽기 시작하였다.

"영의정 권율, 좌의정 이순신… 우의정은 비어 있고 찬성 직도 모두 비었군… 그리고 병조판서에 이순신……."

영의정부터 시작해서 하위 관직 직책까지 모두 읽어 내

렸다. 그리고선 깨달았다. 이혼은 임명록에 단 한 명의 이름이 없음을 확인하였다.

첩을 잠시 내려두고서 김한호에게 이혼이 눈을 치켜뜨며 물었다.

"경의 이름이 없군. 허면 이 자리를 차지하는 것인가?"

탁. 탁.

용상을 두들기며 왕좌를 차지할 거냐는 물음에 김한호는 비장감 넘치면서도 자신 있는 말투로 말하였다.

"조정이 정리되면, 전하의 하명으로 특별직이 만들어질 것이옵니다. 그리고 신이 그러한 특별직을 맡아, 이 나라를 진정한 부국강병 강성대국으로 만들 것이옵니다."

비정상적인 방법으로 왕권을 무너뜨린 이가 스스로 신하를 자처하니 그것만큼 이혼에게 기가 막힌 일도 없었다.

그는 김한호의 다짐을 크게 비웃고 있었다.

"하하하하! 크하하하하하!!!!"

분노와 슬픔 등이 어우러진 광기 어린 웃음이 있었고 그 웃음을 그친 이혼이 김한호에게 비꼬듯이 말을 던졌다.

"정변이라는 것이 참으로 해볼 만한 것이 아닌가?! 과거 시험도 치르지 않은 자가 이렇게 과인 앞에서 관복을 입고서 충신 노릇을 하다니! 하하하하!!"

계속되는 비꼼에 결국 김한호의 도움을 받았던 이순신이 나섰다. 그는 김한호의 공적이 녹봉을 받아도 무리가 없음을 알리고자 하였다.

"전하~! 신 이순신 아뢰옵니다! 지난 날, 500여 척이 넘는 왜적들의 함대를 깨부순 것이 바로 김한호의 계책에서 비롯된 일이옵니다… 이 조선 땅을 유린하였던 왜적들을 분멸케 한 그 공은 굳이 과거 시험을 치르지 않아도 충분히 관직에 나설 수 있는 공적, 그리고 재주라고 사료되옵니다! 더군다나 현재 조정엔 인재들이 없어서 인재가 귀한 상황에, 그와 같은 이들을 받아들여 이 나라를 강성케 만들어야 한다 사료되옵니다. 전하~!"

직후 권율이 이순신을 거들었다.

"공명은 과거 시험을 치르지 않고도 관직에 나섰나이다. 그 이유는 그가 지닌 재주가 하늘의 운명마저 거스르게 만들 수 있기 때문이옵니다. 신이 감히 간하옵건데 김한호의 재주 또한 그에 못지… 아니, 그를 능가하는 재주를 지니고 있사옵니다. 전하~!"

"……."

조정의 권력을 쥐고 있는 양대 산맥이 서로 앞다퉈 김한호를 비호하니 이혼 입장에선 그를 내칠 수 없는 지경에 이르렀다.

일단은 조정 실세들의 의견대로 김한호를 관직에 앉힐 수밖에 없는 상황, 이혼은 첩을 옆으로 밀어 넣으며 그들의 뜻대로 하라 말하였다.

"과인이 무슨 힘이 있겠는가… 경들 뜻대로 하도록 하라…….."

좌절감 깊은 말소리가 울려 퍼졌다. 그 앞에서 김한호는 허리를 잠시 굽히며 예를 표한 후 자신의 자리로 돌아갔다.

그렇게 한차례의 회의가 끝난 후, 행안궁 밖의 한 저택에서였다.

보통 정승의 저택이라 하면, 검은 기와와 함께 집채만 한 대문을 지닌 것이 보통이었다. 하지만 전쟁이 끝난 지 어언 1개월하고도 보름, 전국 방방곡곡에 성하다고 할 수 있는 장소도 없는 만큼 대게의 저택 또한 그와 같이 상처투성이 행색을 하고 있었다.

깨진 기와가 지붕을 가리고 있었다. 그 아래의 방 안에서 권율과 이순신, 김한호가 이런저런 이야기를 나누고 있었다.

약식으로 영의정에 막 오른 권율이 앞으로의 조정에 대해 걱정을 하고 있었다.

"정말 걱정이군. 조정에 필요한 인물은 많은데, 금번의 반정으로 인하여 서인 세력들이 파직된 데다 우리의 반정을 반대하며 동인들마저 등을 돌렸으니 이 일을 어찌해야 할지…….."

선조를 폐하여 하성군으로 만들었다. 그로 인해 문관들의 지지가 붕괴된 상태였다.

서인들이 정적이라곤 하나 동인들의 충심마저 틀어져 있었던 것은 아니었다. 그들은 이혼이 왕위에 오른 후 한 결같이 사직서를 들이밀며 고향 땅으로 돌아간 상태였다.

영의정에 오른 권율에겐 아주 깜깜하고도 깜깜한 정국이었다. 그는 이순신을 통하여 그와 같은 정국을 돌파하고자 하였다.

이순신에게 간절한 눈빛을 하며 권율이 물었다.

"좌상… 좌상의 친우에게 도움을 청할 수 없겠소이까……?"

그 물음에 이순신은 굳은 표정을 하며 서신 한 통을 꺼냈다.

"서애의 서신이오. 읽어보시겠소?"

"……?"

이순신이 서신을 들자 권율은 김한호를 슬쩍 쳐다보고선 서신을 받아들어 펼쳤다.

서신 안엔 서애 류성룡의 올곧은 글씨가 쓰여져 있었다.

이해, 자네의 처지와 상황을 이해하였네. 그리고 자네가 살아 있어줘서 너무나 고마울 따름이네……

하지만 그렇다고 해서 자네의 요청으로 정치를 하게 되면 어찌 되겠는가, 아마 세상의 사람들은 나에게 두 임금을 섬기는 이라고 손가락질을 할 것이네. 이것은 자네 주변 사람들을 지키기 위해 자네가 일어선 것과는 또 다른 사항이며, 그 어느 누구에게도 절대 지지받을 수 없는 일이라 생각하네.

미안하네······.

서신엔 이순신이 살았다는 기쁨과 충신으로서의 자세 때문에 친우의 청을 거절하는 아픔이 담겨 있었다.

권율은 안타까운 표정을 지었다. 그는 들고 있던 서신을 접으며 한숨을 내쉬었다.

"후우… 동인의 수장인 그가 나서준다면, 그를 따라 동인의 문관들이 정치에 나서줄 터인데, 안타깝군······."

한숨을 내쉬는 사이 서신의 내용을 김한호가 읽어 내렸다.

약간의 한글과 다수의 한자가 뒤섞인 내용은 비록 자세하게 까지 파악할 순 없지만 이순신의 청을 거절한다는 것 정도는 알 수 있을 정도였다. 그를 읽은 김한호가 이순신에게 서신을 건네며 말하였다.

"요점은 류성룡 대감을 움직이게 만들면 되는 것 아니겠습니까?"

자신만만하였고 거침없는 말투였다. 그 앞에서 이순신이 궁금하다는 표정을 지으며 물었다.

"뭔가 좋은 수라도 있는 것인가?"

직후 김한호가 당당한 말투로 답하였다.

"주상 전하를 통해 류성룡 대감을 부를 것입니다."

"주상 전하를 통해······?"

김한호의 대답에 이순신과 권율이 놀란 표정을 지었다. 동시에 그들은 자신들을 믿게 만들었던 행동, 미래에 대한 이야기를 그가 하진 않을지 걱정하였다.

이순신이 굳은 표정을 지으며 김한호에게 물었다.

"설마 전하께 수백 년 후의 미래를 이야기할 것인가······?"

그 물음에 김한호가 슬쩍 미소를 지으며 답하였다.

"미래에 대한 이야기는 두 분께서 아시는 것으로 족합니다. 더 이상 미래를 아는 이들이 늘어나봤자, 이 나라의 미래엔 좋을 게 없다는 생각입니다."

"허면 어떻게 전하를 설득할 생각인가?"

미래를 말하지 않겠다는 대답에 이순신이 다시 김한호에게 되물었다.

이순신의 물음에 김한호는 자신만만한 어투로 답하였다.

"구색을 갖춰볼까 합니다."

전란이 끝나기 전까지, 이제는 폐위가 된 선왕의 분노를 거두려 한 적이 있었다. 그랬던 이혼은 이순신이 배신으로 다가올 존재, 자신이 지켜주려 했던 이에게 반감을 품을 일이었다.

나라와 백성, 충신이라고 여겼던 이를 위해 그를 감싸려 했던 일이 후회되고 있었다. 그러한 후회심을 갖고서 한숨을 내쉬며 과거를 더듬고 있었다.

그러한 때에 침실 밖에 서 있던 상선의 목소리가 울려 퍼졌다.

"전하~ 기, 김한호 대감 드셨사옵니다~"

"김한호……?"

상선이 떨리는 목소리로 외쳤고 그를 들은 이혼이 김한호의 이름을 읊조렸다.

그다지 보고 싶지 않은 인물이었다. 그러함에도 야밤에 찾아온 그가 무슨 말을 할지 궁금한 상황이었다.

자신을 죽이려들지 살릴지 알 수 없는 상황, 이혼은 자신의 운명을 정할 김한호의 뜻이 궁금하여 그를 방 안으로 들이기로 결심하였다.

"들라 하라!"

"예~ 전하~"

이혼의 외침에 상선의 대답이 있었고 곧바로 방의 문이 열어젖혀졌다.

드득.

저벅저벅.

묵직한 발걸음이 울려 퍼졌다. 이혼 앞에 선 김한호가 허리를 굽히며 예를 표하였다.

슥…….

직후 이혼의 날카로운 물음이 날아들었다.

"충신을 흉내 내는 것인가……?"

"……."

이혼의 비꼼 앞에서 김한호는 일단 자리에 앉으며 무릎을 꿇었다.

그는 여유로운 미소를 짓고 있었고 눈앞에 앉아 있는 이혼을 기세로 압도하고 있었다.

"전하. 잠시, 행안궁 밖으로 행차하지 않으시겠사옵니까?"

"무, 무어라……?"

김한호의 요청에 이혼이 눈가를 움찔거렸다. 그는 김한호가 자신과 밖으로 나가려는 이유를 탐탁지 않은 것으로 보고 있었다.

"과인과 함께 밖에 나가 무엇을 하려는 것이냐? 행여 과인을 주살하기 위함이 아니더냐?!"

이혼이 노성을 터트리며 물었다. 그 앞에서 김한호는 살기를 드러내며 말하였다.

"주살하려고 했었다면 이미 정변을 일으켰을 때 했을 것이옵니다. 신에게는 그럴 능력이 있나이다."

"뭣이?!"

김한호의 말에 이혼은 말문이 어안이 벙벙한 표정을 지었다. 그 앞에서 김한호가 다시 한 번 편한 미소를 내보이며 말하였다.

"밖으로 나가시어 세상을 봐주시옵소서. 신은 전하께 그것을 보여드리고자 하옵니다."

"세, 세상이라……?"

"예. 전하."

거짓 없는 진심은, 아무리 원한감이 높은 이혼이라 할지라도 알 수 있는 것이었다. 그 이전에, 그에겐 김한호의 요구를 건어낼 힘이 없었다.

일단은 김한호의 청대로 움직일 수밖에 없었다. 이혼은 김한호를 따라 선비 행색을 하며 잠행을 하게 되었다.

"엄마… 밥은……?"

"밥이 어디에 있니… 여기에 있는 풀죽이나 먹으렴……."

"……"

한창 먹어야 클 아이가 전란으로 인해 풀죽을 끓여 먹고 있었다. 동시에 아이와 부모, 그 주변의 여럿 사람들이 주린 배를 움켜쥐며 풀죽 그릇을 기다리고 있었다.

"우리 차례는 언제 오는 거야……?"

"글쎄… 그 전에 먹을 수 있기라고 할까……?"

배식 형렬이 늘어서 있었다. 이순신이 직접 사람들의 굶주림을 해결하고 있었다.

"벌써 떨어진 것인가?! 허면 지금 당장 나와 영상 대감 댁의 받은 녹봉을 풀도록 하라!"

"예! 장군님……!"

줄 선 사람들에게 먹을 것을 주는 것도 모자라, 전년도에 받았던 자신의 녹봉마저 풀어 백성들에게 나눠주고 있었다.

전란을 겪는 동안 녹봉으로 군선을 만들었던 이순신이었다. 때문에 그런 그에게 남아 있는 녹봉마저 없는 상황이었다.

그야말로 구국의 영웅, 그를 놓고 다른 말로 표현할 수 없는 모습이었다.

그러한 모습을 먼 거리에서 지켜보고 있었다. 호위 무사한 명과 함께 김한호와 이혼이 나란히 서서 이순신과 백성들의 모습을 살피고 있었다.

이혼은 아무 말도 할 수 없었다.

"……."

그때 곁에서 김한호가 조근한 목소리로 말하였다.

"한 번의 전쟁으로 끝날 수도 있었는데, 사실상 두 번의 전쟁이었사옵니다. 정유년에 이순신을 파직했던 결과로 다시 한 번 강산이 황폐화 된 것이옵니다. 모든 이유는 단 하나, 이순신이 영웅이 됨과 더불어 동인들이 백성들의 지지를 받을까에 대한 두려움이었사옵니다. 바로 하성군과 서인들이 느꼈었던 그 두려움 말이옵니다."

김한호의 이야기는 이혼 스스로가 알고 있는 사항이었다. 하지만 그렇다고 하여도 이혼에게는 용납되지 못할 사항이 있었다.

"그렇다고 해도 반역은 그 어느 누구에게도 지지 받지 못할 행위이다… 특히 과인의 아비를 욕보인, 그대와 이순신 권율을 결단코 용서하지 않을 것이야……!"

굳은 증오가 걷히지 않고 있었다. 그를 확인한 김한호가 이혼의 증오를 누그러뜨리고자 하였다.

"노량에서의 마지막 전투가 있기 전, 이순신은 하성군이 자신을 죽이리란 것을 알았습니다. 때문에 주변인들이 모함에 휘말리지 않게 하기 위해, 그들을 지키기 위해 자결을 결심한 적이 있사옵니다."

이순신의 진심을 전하였다. 하지만 그를 듣는다고 이혼이 반역을 이해하는 것은 아니었다.

김한호의 이야기는 앞뒤가 맞질 않았다. 이혼은 그를 지적하고자 하였다.

"헌데 자결을 하려 한 이가 어찌하여 군사들을 이끌고 이곳으로 향하였는가? 그대의 말은 모순이다."

이혼의 지적 직후 김한호는 씁쓸한 미소를 지었다.

"신이 살렸사옵니다. 갑옷을 벗고 적들의 총구가 스스로에게 향하도록 하였던 이순신을 밀쳐, 그를 구하고 그를 살아나게 만들었사옵니다."

김한호의 설명과 함께 이혼이 안타까운 표정을 지었다.

"때문에, 죽지 못한 이순신이 이 나라 조정에게 칼을 돌린 것인가……?"

"그렇사옵니다."

"……."

이순신에 대한 의문은 어느 정도 풀리게 되었다.

아직 그를 지원하였었던 사실에 대해 배신감을 느끼지 못하는 것은 아니었지만, 어느 정도 그의 처지를, 그의 상황 정도는 이해가 될 수 있었다.

하지만 그것은 이순신에 한정되는 이야기였다.

"이순신은 그대가 말한 대로 여기겠다. 허나, 권율은 어찌하여 어명을 어기고 반역의 무리와 내통을 하였는가?"

권율의 행동에 이해가 되지 않고 있었다. 이유인 즉 그는 조정 내에서도 가장 정치적이었던 인물 중 하나였기 때문이었다.

이혼이 깊은 의문을 갖고서 물었다. 그리고 그런 그에게 김한호가 도리어 되물었다.

"이 나라가 황폐해진 이유가 무엇이라고 생각하시옵니까? 아니, 전란 초기에 이 나라의 군대가 연전연패를 거듭하였던 이유가 무엇이라 여기시옵니까?"

"……."

갑작스런 물음이었다. 그리고 그러한 물음 앞에서 이혼은 무기 성능에 대한 것으로 답변을 내렸다.

"조총의 뛰어난 위력 때문이 아니겠는가?"

"허면, 칠천도 전투를 제외하고 해전에서 그들이 완패한 이유는 무엇이라 생각하시옵니까?"

"수군의 화포가 아니겠는가. 헌데, 어찌하여 그러한 질문을 과인에게 하는 것인가?"

관계없는 질문에 이혼이 노한 기색을 보이며 물었다. 그리고 그러한 질문 앞에서 김한호는 다시 이혼에게 무기 제작자가 누구인지를 물었다.

"성능이 좋은 무기들은 누가 만드옵니까?"

"……."

이혼은 답하지 않았다. 다만 김한호의 청산유수와도 같은 말이 계속될 뿐이었다.

"성능이 좋은 무기는 장인들이 만드옵니다. 그런데 그러

한 장인들이 지닌 기술의 원천은 무엇이옵니까? 조총의
화약 량을 계산하고 총탄의 탄도선을 계산하여야 하며 화
포의 크기, 화포 구슬의 직경에 대한 이론, 즉, 공자왈 맹
자왈 하는 것이 아닌, 기술과 과학에 대한 지식들이옵니
다."

"……."

김한호의 설명이 끝날 때까지 이혼의 침묵은 계속되었
다.

이혼은 그의 설명이 끝나고 나서야 간단히, 그리고 나지
막이 말하며 그에게 질문을 하였다.

"말하고자 하는 것이 무엇인가?"

직후 김한호가 품 안으로 손을 밀어 넣었다. 이혼의 곁을
지키던 호위 무사가 허리춤에 차고 있던 소도를 뽑아들려
하였다.

척.

"괜찮네……."

"……."

이혼의 손짓에 호위무사가 검을 집어넣었다.

김한호는 호위무사의 위협에 아랑곳하지 않고 품 안에
있던 한지를 꺼내들었다. 그리고 그것을 이혼에게 건네주
었다.

슥…….

"서역에서 구한, 이 세상 전체를 담은 지도이옵니다."

"으음……."

사락…….

종이가 펼쳐졌다. 이혼은 펼친 지도를 살피며 두 눈썹을 움질거렸다.

"이… 이건……."

알아보기 힘든 지도였다. 그리고 그가 알 리 만무한 지도였다.

명국의 위치도 없었고 조선의 위치도 보이질 않았다. 그저 흑색의 선만이 하얀 종이 위를 지나다닐 뿐이었다.

고개를 갸웃거리고 있었다. 그런 이혼에게 김한호가 설명하기 시작하였다.

"여기 이 작은 점이 조선이라 할 수 있사옵니다."

"조선? 이렇게나 작은 것인가……?!"

"예. 그리고 여기가 바로 명국, 이곳 바다를 제외하고 땅만을 놓고 말하더라도 10분지 1이 되지 않사옵니다."

"……."

명국이란 나라가 어떠한 나라인가? 세상의 전부, 세상의 전체라고 할 수 있는 나라였다.

대체 역사 소설을 쓴답시고 지도를 좀 보았던 김한호에 의해 그러한 믿음이 깨어질 처지에 놓여졌다.

믿을 수가 없었다. 김한호의 지도를 신뢰할 수가 없었다.

"감히 이딴 급조된 지도로 과인을 능멸하는 것인가……?"

분기를 드러내며 물었다.

하지만 김한호는 이혼의 분노를 무시한 채, 지도의 서쪽, 서양의 상황을 전하고 있었다.

"이곳이 서역 너머의 세상이옵니다. 그리고 이곳에 있는 나라들은 하나같이 명국과 맞먹는 영토를 지닌 채, 세상을 집어 삼키겠다는 기세로 식민지를 늘려가고 있는 상황이옵니다. 그리고……."

이혼이 분노하는 사이 정신없이 말을 이었다. 그러다가 이혼에게 지도를 완전히 넘기고 품 안에 있던 무언가를 꺼내었다.

한주먹 크기보다 조금 작은 것이었다. 김한호의 손에 들린 그것을 이혼이 바라보고 있었다.

"전하! 이것이 바로 서역 너머 나라들의 무기이옵니다……!"

뚝! 휙~!

김한호의 손을 떠난 고리 뽑힌 수류탄은 인적이 없는 한적한 길가로 날아가 그 둥근 몸을 산산이 비산시켰다.

쾅!!

"……!!!"

폭음이 터짐과 동시에 이혼과 호위무사가 몸을 들썩였다.

멀리 있는 이들에겐 마른하늘의 천둥소리로 들릴 일이었지만 이혼과 호위무사에겐, 눈앞에서 본 그대로 폭탄이 터지는 소리였다.

섬광과 함께 솟아오른 흙먼지가 옅어지고 있었다. 그와 더불어 폭심지 주변 10보 정도 거리로 쇠구슬 파편들이 흩어져 있었다.

손에 들린 지도의 정보가 진실되게 인식되고 있었다.

'서, 서역 너머의 나라라……?!'

막바지에 김한호가 전했던 말을 떠올리고 있었다. 그리고 그런 그에게 김한호가 묵직한 걸음으로 다가왔다.

저벅저벅…….

"믿으셔야 하옵니다. 전하."

"……."

"서역 너머의 나라들에겐 유학이라는 학문이 없사옵니다. 때문에, 서역 너머의 사람들은 사람을 도구로 생각하는 이들이옵니다… 문제는 그들은 과학과 기술의 중요성을 너무나 잘 알고 있사옵니다. 신이 보여드렸던 무기마저, 모두 그들이 추구하는 과학과 기술에 의해서 탄생된 무기들이옵니다… 언젠가 그들은 바다를 질주하는 법을 터득할 것이며, 그와 같은 기술로 이 나라에 나타나, 이 나라의 백성들을 노예로 삼을 것이옵니다. 이것은 단순하게 왕조가 바뀌는 것이 아닌, 백성들의 정신, 민족의 정신 자체가 말살이 될 수도 있는 크나큰 재앙이옵니다. 신은 그것을 막고자 하였사옵고, 지금도 반드시 그것을 막아야 한다 생각하옵니다."

김한호는 이혼에게 간절한 말투로 말하였다.

그것을 들은 이혼은 김한호에게 그가 생각하는 이상적인 국가를 알고자 하였다.

"허면 그대는, 그들과 맞서기 위해 이 나라의 국교를 뒤엎고 과학과 기술을 신봉하는 국가로 만들 것인가?"

이혼이 물었고 김한호가 그에 대해 답변을 주었다.

"유교의 예로 터를 잡고, 기술과 과학으로 집을 짓겠나이다."

"음……."

김한호의 대답에 이혼은 깊은 공감을 내비쳤다.

그러나 아직 권율이 이순신의 편을 든 이유가 없었다. 이혼은 그것을 물었다.

"서인을 어찌하여 붕괴시켰는가? 그에 대한 설명이 없으면 권율이 모반한 것도 설명되지 않는다."

직후 김한호가 답변을 해주었다.

"하성군 이후, 왕좌에 오르실 전하였사옵니다. 전하께서 이와 같은 사실을 알고 개혁을 진행하였을 때, 어느 세력이 가장 반대를 하겠사옵니까? 바로 전하께서 세자 자리에 책봉되실 때, 극렬히 반대했었던 서인이 될 것이옵니다. 신은 개혁이 중지되기 전에, 이번을 기회로 삼아 그들을 숙청코자 하였사옵고, 권율은 그에 동조하여 신의 뜻을 따르기로 하였사옵니다."

"……."

갖고 있던 모든 의문이 해결되었다. 적어도 반역을 일으킨 무리들은 단순히 권력을 탐하기 위해 반역을 일으킨 것 같진 않아 보였다.

적어도 그날 하루 동안 이혼이 보았던, 그리고 전란 기간 동안 그들이 보여 왔었던 여럿 모범적인 행동을 놓고 판단할 때, 구국의 의미 그 이상이 되진 않으리라고 여기고 있었다.

그러나 그러함에도 김한호의 원대로 해주진 않았다.

왕이기 이전에 이혼은 정치인이었고, 그는 김한호와의 사이에서 정치적인 거래를 이루고자 하였다.

"그 어떤 이유를 붙여도 그대는 반역을 저질렀다. 때문에 과인은 그대가 마음에 들지 않는다."

"……."

"허나, 전란 기간에 이 나라를 위해 분골쇄신 하였던 이들, 권율과 이순신을 믿고, 그대의 뜻을 높이 사서, 이 나라의 안위와 백성들을 위한다는 생각으로 그대를 믿어줄 수도 있다. 하여 묻고자 한다. 과인이 그대의 권력을 용인한다면 그대는 과인에게 무엇을 줄 수 있는가……?"

이혼이 의미심장한 미소를 지으며 물었고 김한호는 당당한 말투로 그 물음에 답을 해주었다.

"모든 개혁이 이뤄지면, 이 나라는 전 세계를 이끌며, 해가 지지 않는 나라로 변모하게 될 것이옵니다. 그리고 그때가 되었을 때 이 나라의 백성들은 한마음으로써, 이렇게 외칠 것이옵니다."

대답 직후 김한호가 부복을 하였다.

"대한 제국 황제 폐하 만세."

정치 일선에서 물러난 이후, 한가롭고도 유유자적한 생활이 계속되었다. 도중에 친우의 불행스런 일이 있기도 하였지만 나름대로 평탄한 생활을 하는 것이 의성 고향으로 내려온 류성룡, 서애의 삶이었다.

그 날도 고향 백성들의 삶을 살핀 후, 평화스럽게 책을 읽고 있었다.

그러한 때에 방문 밖에서 종의 목소리가 울려 퍼졌다.

"대감마님. 이덕형 대감께서 오셨습니다요."

"한음이……?"

슥…….

어리지만 오랜 정치적 동지가 먼 길을 마다하고 온 상황이었다. 류성룡은 즉시 자리에서 일어나 문을 열고 대청마루로 발걸음을 옮겼다.

정리된 마당 중앙에 젊은 선비 한 명이 환하게 미소 짓고 있었다. 그를 보며 류성룡이 반가운 표정을 지었다.

"자네가 이 먼 곳까지 웬일인가?!!"

"오랜만에 뵙습니다."

"하하하!!"

버선발로 뛰어 내려가 한음 이덕형의 손을 맞잡았다. 류성룡은 그의 손을 두들기며 그를 자신의 방으로 이끌었다.

방 안에 찻잔이 올려진 2개의 상이 놓여 있었다. 그 앞에 류성룡과 이덕형이 환한 미소를 지으며 앉아 있었다.

"그동안 어찌 지내왔는가? 조정에서 큰 일이 있었다 하여 자네를 포함한 여러 대신들을 크게 걱정하였네."

류성룡이 이덕형에게 그간의 안부를 물었다. 그 앞에서 이덕형은 차를 들면서 그동안 조정에 있었던 일들을 말하였다.

"아시다시피 우리가 모셔왔던 그분은 하성군으로 강등되어 유배되었습니다. 그리고 서인들은 권율 대감과 김한호라는 청년에 의해 모든 관직을 삭탈당하고 옥사에 갇혀 있는 상황입니다."

"음……."

고향에 내려와 있는 동안 간간히 들었던 이름이었다.

김한호, 500척 넘는 왜선들을 분멸하고 수만이 넘는 왜적들을 수장시킨 인물이었다. 더불어 권율과 이순신이 일으킨 정변에 중심에 서서 하성군을 생포했던 인물이었다.

관직이 없음에도 관복을 입고서 입조를 하는 이였다. 그런 해괴한 인물에 대해 류성룡은 깊은 호기심을 보이고 있었다.

"김한호라는 인물은 어떤 인물인가? 동인들 모두가 사직하는 와중에도 자네는 조정에 남아 있었으니 그를 본 자네의 생각은 어떠한지 심히 궁금하네."

김한호에 대해 류성룡이 이덕형에게 물었다. 직후 이덕형은 찻잔을 내려놓으며 자신이 판단하는 김한호의 모습을 유성룡에게 전하였다.

"말함에 있어서 거침이 없는 인물입니다. 항간의 소문에 의하면 그가 자결하려 했던 좌상 대감을 살리고 좌상 대감을 치려했던 영상 대감마저 세 치 혀로 무릎 꿇렸다는 소문입니다. 달변가라서 그런지 모르겠으나, 현재 좌상 대감과 영상 대감 모두 그 청년을 깊게 신뢰하고 있는 상태입니다."

"여해가 신뢰하는 청년이라……."

이순신이라는 인물이 어떠한 인물인가, 바로 사람을 평가함에 있어서 한 치 오차가 없는 인물이었다.

이순신이 김한호를 신뢰한다면 의심의 여지가 없는 인물이었다. 비록 정변을 일으켰다곤 하나 그와 같은 인물이라면 자신이 그를 신뢰할 수도 있는 일이었다.

하지만 그렇다고 해서 그의 요청을 들어줄 순 없었다. 일전에 이순신을 통하여 그의 요청을 받은 적이 있었고 그때 자신은 이순신의 요청을, 김한호의 요청을 서신을 보내 거절한 적이 있었다.

역사의 평가가 어찌 되든 간에 그들은 반역을 일으킨 이들이었다. 때문에 류성룡은 그들의 무사함에 감사히 여기면서도 충신이라는 이름 아래에 그들을 돕지 않고 있었다.

그런 류성룡의 자세와 모습을 이덕형이 알고 있었다. 이덕형은 그를 움직이게 만들 마지막 서신을 전하고자 하였다.

"전할 것이 있습니다."

"그게 뭔가?"

"전하께서 직접 쓰신 서신입니다."

"……?"

류성룡이 눈가를 움찔거렸다. 그 앞에서 이덕형은 품 안에 넣어 두었던 이혼의 서신을 꺼내들어 건네주었다.

사락.

곱게 접혀 있던 종이가 펼쳐졌다. 그 안엔 당대 명필가들의 필체와도 견줄 이혼의 글씨가 쓰여져 있었다.

그다지 긴 내용은 아니었다. 몇 자 안 되는 짧은 글로 류성룡의 마음을 움직이려 하고 있었다.

[이 나라를 위하여 대업을 이루라.]

"……."

류성룡이 입가를 움찔거렸다. 그는 이혼의 서신을 접으면서 김한호의 재주에 감탄을 하였다.

"여해가 신뢰한다는 말이 이해가 되네. 세 치 혀 하나로 전하의 마음마저 움직이다니! 이거야말로 천하의 기재가 아닌가……?!"

"……."

류성룡의 말에 이덕형이 환한 표정을 지었다. 드디어 조정에서의 초죽음 일정이 끝나고 숨통이 트이리라 여겼다.

하지만 류성룡의 대답은 이덕형이 기대하는 대답과 전혀 달랐다.

"그래도 조정엔 나서지 않겠네."

"어, 어째서입니까?"

이덕형이 놀란 표정을 지으며 물었고 직후 류성룡이 씁쓸한 미소를 지으며 답하였다.

"이만한 기재가 있으니 무에 걱정이 있겠는가?"

"어, 어명을 따르지 않으실 생각입니까……?"

"이보게, 이 사람아. 이게 어찌 어명이란 말인가? 난 백성들을 위해서 이곳에 계속 남아 있도록 하겠네. 그게 이 나라를 위해서 이득일 터."

"……."

분명 어명과는 달랐다. 아니, 명백히 어명은 아니었다.

따르지 않으면 벌한다는 내용도 없었고 임금의 어쇄(御璽)조차 찍혀 있지 않았다. 때문에 서신을 보는 이가 있다면 저마다의 해석에 맞춰 각자 행동을 정하면 그만이었다.

그렇게 류성룡은 이덕형을 개경으로 보내고자 하였다. 류성룡은 마당에 서 있는 이덕형에게 마지막 말을 전하고 있었다.

"돌아가거든 전하께 김한호를 중용하라 일러주게. 내 짐작이 맞다면 그 청년은 여태 우리가 본 적 없는 천하의 기재일 것이 분명하네."

"알겠습니다. 전하께 그리 전하겠습니다."

슥.

등을 돌린 이덕형이 발걸음을 옮겼다. 그런 그의 등을 보며 류성룡은 전보다 편한 마음으로 가슴을 쓸었다.

'세상이 많이 변하겠구나…….'

끼익~ 끼익~

대청마루의 소리를 일으키며 안방으로 발걸음을 옮겼다.

늦은 점심을 먹었고 다시 책을 읽으며 남은 인생의 즐거움을 찾으려 하였다.

그렇게 수 시간이 흘렀다.

노을이 지는 때에 종이 다급히 류성룡을 불렀다.

"대, 대감마님!! 대감마님!!!"

"……?"

슥…….

책을 덮고서 자리에 일어났다. 대청마루로 나가 마당에 서 있는 종에게 물었다.

"웬 소란이냐?"

덜덜덜덜…….

마당에 서 있는 종은 떨다 못해 아예 오줌을 지리려 하고 있었다. 그런 그를 보며 류성룡은 의문에 찬 표정을 짓고 있었고 류성룡에게 종은 상상도 못할 이가 와 있음을 전하려 하였다.

"대, 대감마님!! 주, 주, 주, 주상 전하께서 납시셨습니다!!!"

"뭐, 무어라?"

종의 답변에 류성룡은 처음엔 믿지 못하겠다는 반응을 내보였다. 하지만 대청마루가 꽤 높은 곳에 있는지라 그가 시선을 돌리니 저택 담벼락 밖에 세워져 있는 깃발들을 금세 확인할 수 있었다.

바람결에 용의 문양이 새겨진 기가 휘날리고 있었다.

펄럭~!

더 이상 생각해볼 것도 없었다. 류성룡은 버선발로 대청마루에서 뛰어 내려왔다.

끼익~

저택의 문이 열렸다. 대문 앞에 전립(戰笠)을 쓴 이혼이 서 있었고 그 뒤로 김한호와 내관들, 이덕형과 왕의 군사들이 깃대를 들고 서 있었다.

"오오! 저, 전하~!!!"

철푸덕!!!

엎드리다 못해 쓰러질 정도의 자세로 절하였다. 류성룡은 직접 왕이 찾아오게 만들었다 여겨 깊은 죄책감을 느끼고 있었다.

"전하~! 신을 죽여주시옵소서!!!"

"……."

엎드려 울부짖는 류성룡을 보며 이혼은 밝은 미소를 지었다.

"그 옛날 촉한의 황제조차 공명의 마음을 얻기 위해 삼고초려를 하였거늘, 과인이 못할 게 무에 있겠는가. 잠시이 땅의 강산을 구경하는 기분으로 온 것이니, 괘념치 말게."

"전하~!!!!"

이혼의 따뜻한 말에 류성룡은 눈물을 흘리고 있었다.

슥~

왕의 손길을 따라 자리에서 일어났다. 직후 류성룡은 이혼이 전하는 어명을 받기 위해 다시 무릎을 꿇었다.

홍철릭을 입은 이덕형이 이혼에게 첩을 건네주었다. 직후 이혼은 무릎을 꿇은 류성룡 앞에서 어명을 전하였다.

"류성룡은 들으라. 전란이 끝난 후 나라를 어지럽혔던 이들이 관직을 삭탈당하니, 조정에선 참으로 인재가 귀하다 아니할 수 없노라. 하여, 과인은 류성룡을 정 1품 당상관에 봉하고 대광보국숭록대부 영의정에 제수함과 더불어 류성룡에게 이 나라 조선과 백성들을 위할 것을 명하노라."

"성은이 망극하옵니다! 전하~!"

이혼의 어명에 류성룡이 부복하였다. 이후 이혼은 류성룡을 일으켜 세우며 그에게 조선의 안위로 백성들의 안위를 부탁하였다.

"앞으로 남은 경의 여생은 경의 것도, 과인의 것도 아니다. 경의 남은 여생은 바로 백성들의 것인가 한다. 하여 경은 성심을 다하여 이 나라와 백성들을 위해 분골쇄신토록 하라."

"명 따르겠나이다……."

전란이 끝났고 무능한 왕을 끌어내림과 더불어 왕의 신

임을 조금이나마 얻은 상태였다. 그리고 풍비박산에 이르렀던 조정의 문제를 해결하기 위해 동인의 수장인 류성룡을 다시 정치 전면에 내세웠다.

일단 다급했던 문제는 해결된 셈, 김한호는 류성룡과 이혼의 대화를 보며 깊은 한숨을 내쉬고 있었다.

"후우……."

급한 불이 꺼졌다. 하지만 앞으로 해야 할 일들은 어쩌면 여태 해왔던 일보다 더 어려울지 모르는 일이었다.

목표는 단 하나, 앞으로 생겨날 자손들을 위해, 조선 백성들을 위해, 그들의 미래를 위해, 모든 것을 내걸고 돌진하는 일이었다.

'천기를 거스르고 역사를 왜곡한다 하여도, 난 모든 것을 바꿀 것이다…….'

구한말 열강 침략의 역사를 지우고 그로 인해 발생되는 일제 지배의 역사, 분단의 역사, 핵전쟁의 역사를 지우려 하였다. 그와 같은 참화를 자신이 서 있는 세상이 겪지 않게 하려 하였다.

남은 것은 오로지 자신이 존재하는 세계, 그것만이 유일한 삶의 희망, 유일한 삶의 이유였다.

모두를 내걸고, 앞으로 펼쳐질 미래를 뒤바꾸려 하고 있었다.

세상에서 가장 위대한 이의 생애가 시작되려 하고 있었다.

찬란한 아침의 나라에서,

세상을 뒤바꿀 변화가 시작되고 있었다.

〈2권에 계속〉

어울림 B O O K S 신인 작가 대모집!

무한한 상상력과 뜨거운 열정을 가진 작가 여러분을 기다리고 있습니다.
창작에 대한 열의가 위대한 작품으로 꽃피울 수 있도록 저희 어울림 출판사가
여러분의 힘이 돼드리겠습니다.

지금 도전하십시오!

분야 : 현대 판타지, 퓨전 판타지, 팜므 판타지, 무협 등 장르문학
대상 : 열정을 가진 모든 작가
기한 : 수시
접수 방법 : 이메일 접수 또는 당사 홈페이지 원고투고란을 이용해
　　　　　주십시오.
접수 파일 작성 방법 :
▷ 작품 접수 시 '저자명_작품명.hwp'(한글 파일)로 통일
▷ 파일 안에 포함되어야 할 내용
　　 – 성명(필명인 경우 실명), 연락처, 이메일 주소, 집필 의도
　　 – 현재 연재하고 계신 분은 연재사이트와 아이디, 제목
　　 – 전체 줄거리, 등장인물 소개(A4 용지 5매 이내)
　　 – 본문(15~16만 자 이내)

채택된 작품은 정식 계약을 통해 출판물로 간행됩니다.
간행된 출판물은 당사의 유통망을 이용하여 전국 서점으로 배포됩니다.
※ 문의 사항은 **당사 홈페이지**(www.oulim.com)을 이용하시기 바랍니다.

서울시 마포구 서교동 395-64 회산빌딩 302호 / 어울림 출판사 신인 작가 담당자
전화 02) 337-0120 / **E-mail** flysoo35@nate.com